Judith Kuckart

Die Welt zwischen den Nachrichten

Judith Kuckart

Die Welt zwischen den Nachrichten

Roman

DUMONT

Von Judith Kuckart sind bei DuMont außerdem erschienen:

Der Bibliothekar
Lenas Liebe
Die Autorenwitwe
Dorfschönheit
Kaiserstraße
Die Verdächtige
Wünsche
Dass man durch Belgien muss auf dem Weg zum Glück
Kein Sturm, nur Wetter
Café der Unsichtbaren

MIX
Papier | Fördert gute Waldnutzung
FSC® C083411
www.fsc.org

Das bei der Produktion dieses Buches entstandene CO_2 wurde durch die Finanzierung von Klimaschutzprojekten kompensiert:
climate-id.com/17531-2110-1001/de

1. Auflage 2024

Umschlaggestaltung: Lübbeke Naumann Thoben, Köln
Satz: Angelika Kudella, Köln
Gesetzt aus der Minion
Druck und Verarbeitung: CPI books GmbH, Leck
Gedruckt auf säurefreiem und chlorfrei gebleichtem Papier
Printed in Germany
ISBN 978-3-8321-6846-9

www.dumont-buchverlag.de

Alles ist gewesen, nichts war genau so.

Für Alex, Alice, Anastasia, Amélie, Antonia,
Barbara, Ela, Helena, Frida, Lamia, Luzie, Rebecca,
Susanne, Thekla, Vicky und die anderen.

Dackel

Auf der Papierbespannung eines Biertischs
versuchte sie einmal
ein Pferd zu zeichnen.
Ein Etwas mit vier kurzen Beinen kam dabei heraus.
Ein Dackel? Für mich? Danke!
Liz schob den Bleistift hinter das Ohr:
Versuchen kann man's ja mal …
Das Blut strömte ihr durch den Leib
wie Wärme
wie Freude.
Sie lachte.
Sie hätte Tänzerin werden können
aber sicher nicht Malerin.

Man begegnet sich immer zweimal

Als sie nach S. kommt, hat Ellen den Zweiten Weltkrieg, die Flucht aus Polen und einen Zwischenaufenthalt auf einem Gutshof bei Riesa hinter sich. Dort, nahe Dresden, hat sie als Stenotypistin bei der SED-Kreisverwaltung gearbeitet. Als der Gutshof zwangskollektiviert wird, zieht die Familie, die einmal mit sieben Kindern nach Deutschland kam, westwärts und pachtet einen neuen Hof. Er liegt am Rand von S., am Rand des Ruhrgebiets.
S. ist klein. Auf der Straße begegnet man sich immer zweimal am Tag.

Ellen flirtet gern, sie flirtet viel. Sie ist anmutig, dunkelhaarig, sie hätte auch Tänzerin werden können. Sie heiratet, wird geschieden und lernt bald ihren zweiten Mann, einen deutschen Feldwebel, kennen. 1958 bekommt sie ein Kind. Als der Sohn drei ist, wird der Feldwebel in die Staaten abkommandiert. Sie ziehen zu dritt in die Military Road in Arlington/Virginia.
Schräg gegenüber liegt Washington.
Nur ein fröhlicher Fluss trennt sie von da drüben, wo John F. Kennedy, der 35. Präsident der Vereinigten Staaten von Amerika, im Weißen Haus wohnt. Ellen und ihre Familie leben ebenfalls in einem weißen Haus, in einem kleineren aber, mit einem altersschwachen Schaukelstuhl auf der Holzveranda. Auch im Winter steht er im Freien.

Früher hatten wir Hühner, sagt Ellen oft und lacht.
Fotomodell sei sie von Beruf, gibt sie auf Nachfrage in dem neuen Land an. Als Hostess lernt sie im Club in Capitol Hill den 35. Präsidenten der Vereinigten Staaten kennen. Ihre Affäre beginnt im Frühsommer 1963. Sie ist sechsundzwanzig, er sechsundvierzig. Das FBI rechnet Ellen einem organisierten Ring von deutschen Playgirls zu, die sich durch Partys, Orgien und Prostitution hervortun. Sie wird der Spionage verdächtigt und zum Sicherheitsrisiko erklärt. Kennedy ist mit Vietnam beschäftigt. Der Krieg wird noch Jahre dauern. Ellen wird des Landes verwiesen, kehrt mit Mann und Kind nach Deutschland zurück, wird als Alleinschuldige geschieden und zieht wieder zu ihren Eltern auf den Bauernhof am Rand von S.

Ellen R. melkt die Kühe, füttert die Schweine, geht in die Rüben, erzieht den Sohn und legt sich früh schlafen. Mit einem kleinen Lieferwagen verteilt sie freitags auf Bestellung Eier, Gemüse, Wurst und manchmal auch ein halbes Schwein unten in der Stadt. Manchmal fährt der Sohn mit.
Noch geht er nicht zur Schule.
Ich auch nicht.
Er spricht Englisch.
Ich nicht.

Manchmal kommt er an der Hand der Mutter in unser Wohnzimmer. Wir leben in der Parterrewohnung eines rosa Altbaus, der einmal zur leer stehenden Fabrik nebenan gehörte. Jetzt ist die ehemalige Villa des Fabrikanten nur noch ein heruntergekommenes Haus mehr in S. Unsere Wohnung ist groß, aber dunkel, kaum beheizbar, und die Miete ist niedrig. Meine Mutter bietet der Frau, die Eier und Blutwurst im Glas bringt, jeden Freitag eine Tasse Filterkaffee an.

Ellen R. sieht meiner Mutter ähnlich, sieht aus wie nicht von hier.

Der Flur zwischen meinem und dem letzten Zimmer unserer Parterrewohnung ist fünfzehn Meter lang. Nur im Wohnzimmer gibt es einen Ofen. Hier ist es warm, an diesem Novembertag des Jahres 1963. In den übrigen Räumen ahnt man nur, dass es irgendwo einen Ofen geben muss. Auch mein Zimmer, in dem früher Mülltonnen standen, ist kalt. Es ist acht Uhr abends, und ich bin sechs, als ich am Ende des langen Flurs meine Mutter schreien höre. Als ich fünfzehn Meter später die Wohnzimmertür aufreiße, versucht im Fernsehen eine dunkelhaarige Frau mit rosa Hütchen, über das Heck einer mit offenem Verdeck fahrenden Limousine ihrem großen Unglück zu entkommen.
Auch sie schreit.

Auch diese Frau, da drüben in Amerika, sieht meiner Mutter ähnlich. Wie Ellen R. – auch eine Schöne.
Spät am Abend kommt meine Mutter in mein Zimmer.
Am anderen Ende des Flurs.
Ihre Haare riechen frisch gewaschen.
Sie nimmt mich in den Arm.
Nicht so feste, Mama, sage ich.

Als Kennedy der erste Schuss in den Hals und der zweite in den Kopf traf, blieb er aufrecht sitzen. Er trug wegen Rückenproblemen ein Korsett. Drei Tage nach dem Attentat ist er nach der Totenmesse auf dem Nationalfriedhof Arlington, Virginia, bestattet worden, dort, wo nur ein fröhlicher Fluss das Weiße Haus von anderen, kleineren weißen Häusern trennt, auf deren Holzveranden auch im Winter altersschwache Schaukelstühle stehen.
Ist das so?
Ist das geklaut, erfunden, geträumt oder einmal erzählt worden?
Am Tag der Beerdigung ihres Mannes trug Jackie Kennedy ein schwarzes Hütchen, ein schwarzes Kostüm und einen dünnen Schleier über dem Gesicht. Links hatte sie die Tochter an der Hand und rechts den Sohn. Draußen vor dem Kapitol waren die Bäume kahl, und hier und da rutschte ein wenig Schnee von Mauervorsprüngen. Ein Männerchor sang aus dem Innern auf Lateinisch, während sich internationale Trauergäste die Stufen zum Eingangsportal hinaufschoben. Ein Sicherheitsbeamter kaute Kaugummi.
Ob an jenem Tag von den zwei dunklen, geduckten Kirchtürmen in S., denen der letzte Krieg die Helme vom Kopf gerissen hatte, auch Schnee rutschte?
Ob es auf dem Gutshof neben Kühen, Schweinen und Rüben einen Fernseher gab, im November 1963?
Ob an dem Tag die unsichtbare Wand zwischen Ellen und den Eltern noch höher wurde, genau dort, wo sie schon stand?
Ob Ellen wie immer früh zu Bett gegangen ist?
Ob ihr Sohn bei ihr geschlafen hat?
Ob die beiden im Dunkeln Englisch miteinander gesprochen haben?
Ob Ellen gesungen hat, gegen die Angst?
Oder geweint?

Finanzamt von S.

Das Finanzamt von S.
liegt schräg gegenüber dem Bahnhof
wo die schnellen Züge durchfahren.
Bei der Ankunft fällt es hässlich ins Auge
und bei der Abreise noch einmal
falls man sich umdreht.

Bin ich beim Yoga
mit dem Herz nah am Oberschenkel
im herabschauenden Hund
taucht immer das Finanzamt von S. vor meinem inneren Auge auf.
Das möchte ich in deinem nächsten Buch lesen
hat neulich eine Freundin gesagt: Das Finanzamt von S. – immer?
Das kann nur dir passieren!

Apfelbaum

Als ich geboren werde, ist der Juni so heiß, dass die Menschen die Schattenlinien der Häuser nicht zu verlassen wagen, als sei da, wo Sonne ist, ein Todesstreifen, auf dem Igel, Frösche und Vögel zermatscht, streunende Hunde zerquetscht und Rehe, Landstreicher und Radfahrer platt gefahren werden. Ich komme in der Nacht des Bloomsday zur Welt, aber das weiß ich lange nicht. In jener Nacht auf den 17. Juni liegt meine Mutter Liz im katholischen Krankenhaus in den letzten Wehen, während im Kolpinghaus gegenüber mein Vater Leo mit seinen Genossen aus der katholischen Arbeiterschaft zu Fats Domino und Little Richard versucht, eine Gemü-

severkäuferin von Otto Mess über die Schulter zu werfen. Wenige Tage später geht er zum Standesamt von S. und meine Mutter mit mir auf dem Arm nach Hause. Liz redet nicht viel. Sie singt lieber, manchmal betörend schön.
Sie hat kein Bedürfnis nach Veränderung und lackiert ihre Fingernägel Perlmutt. Ich werde nie wieder arbeiten, sagt sie oft und ungefragt, wofür habe ich denn geheiratet. Für die Tochter hat sie andere Pläne. Die soll einmal unverheiratet bleiben, Lehrerin werden und mit einem zwölfteiligen Service namens Zwiebelmuster im Schrank und Müllschlucker in der Wand vom eigenen Einkommen leben. Auf dem Weg vom katholischen Krankenhaus nach Hause trägt Liz das Baby und ihre Schwester die alte Reisetasche. Noch immer ist es heiß, so heiß, dass sie nicht miteinander sprechen. Sie sprechen ohnehin nicht viel miteinander.
Im Hof legen sie mich unter einen Apfelbaum.
Ich bleibe das einzige Kind.

Wie nennen Sie Ihre Tochter?
Judith, sagte mein Vater. Auf den Stufen des Standesamts hatte ihn ein älterer Mann eingeholt. Auch er war gerade Vater geworden.
Und wie nennen Sie Ihre?
Martina. Sind Sie sicher, dass Ihre Judith heißen soll?
Wieso nicht?
Ach, man weiß ja nie, in welche Situation man noch kommt.
Wieso?
Ist ein jüdischer Name.
Judith?
Ja.
Ach, jetzt, wo Sie es sagen, sagte mein Vater.
Leo war die schmallippige Kopie von Anthony Perkins. Der andere Mann war einfach nur alt, sodass er über sein Aussehen nicht weiter nachdenken musste.

Über dem Eingang des Standesamts wehte die Deutschlandfahne, als der Jüngere dem Älteren die Tür aufhielt, und der Ältere sagte: Ich mache Ihnen einen Vorschlag. Sie nennen Ihre Tochter Judith Martina und ich die meine Martina Judith. Ich weiß nicht, ob mein Vater sich sogleich oder erst später daran erinnerte, dass der Mann neben ihm nicht nur fünfundzwanzig Jahre älter war, sondern auch zehn nicht in S. gewohnt hatte, wo seiner Familie ein schönes Kaufhaus am Markt gehört hatte, dann nicht mehr und dann doch wieder. Ich weiß nicht, was in den Organismen so unterschiedlicher Männer vorgegangen sein muss, dass sie am Ende aus einer unbewussten Bewusstheit heraus ihre Töchter überkreuz nannten. Judith Martina – ich – und Martina Judith – das Mädchen, das für lange Zeit meine beste Freundin werden sollte. Der eine Vater jung und unsicher, ob eigentlich Blasmusik schöner ist als Jazz, und der andere, fast alt und wahrscheinlich fast weise. Ich stelle mir vor, wie die zwei Männer einen Moment auf den Stufen zum Standesamt innehalten und gleichzeitig den Kopf in den Nacken legen. Wie sie dabei beide die Deutschlandfahne übersehen, aber in der Ferne die zwei Kirchentürme von S. betrachten, genau die, denen der Krieg im März 45 die Helme vom Kopf geschossen hat, und wie sie dabei eine große Ruhe spüren, so mit erhobenem Kinn eine dem Himmel nahe Sache zu beschauen, die nur von dessen Farben umgeben ist.

Nach mir ist meine Mutter noch dreimal schwanger, immer im Sommer, und immer sind die Kinder tot. Das letzte wird auf Verlangen der Großmütter notgetauft, obwohl es nicht mehr atmet. Der Junge wird im Grab seines Großvaters beigesetzt. In einem Schuhkarton, behauptet irgendwer später. Liz leidet während der Schwangerschaften nachts an Schlaflosigkeit und morgens an Übelkeit. Der Arzt empfiehlt ein rezeptfreies Beruhigungs- und Schlafmittel, das keine Nebenwirkungen haben soll. Contergan. Auf der Wöchnerinnenstation des katholischen Krankenhauses hat nach jeder Totgeburt das kleine Gesicht von Liz noch kleiner, noch weißer in der Kuhle des Kopfkissens gelegen. Ich füttere sie löffelweise mit Dosenmilch. *Bärenmarke* steht auf dem Etikett. Sie soll wieder bärenstark werden.

Dass das Gefühl der Trauer so sehr dem der Angst gleicht, habe ich damals noch nicht sagen können.

Kantine eins

Das Bahnticket nach Berlin kauft Eva K. im Reisebüro.
Die Anzeige hatte sie spät erst im Netz gefunden, schrieb aber trotzdem eine E-Mail an die Statisterie Staatsoper Unter den Linden. Die Antwort kam prompt: Sehr geehrte Frau K., vielen Dank für Ihre Bewerbung. Treffpunkt ist am kommenden Dienstag, 28.2. ab 16:15 Uhr in der Kantine. Wir laden Sie herzlich ein. Klappt das bei Ihnen?
Die Komische Oper wäre ihr lieber gewesen.

Als Großmutter Elisabeth, meine Mutter Liz und mein Vater Leo mit seinem blinden Glauben an den Selbstmord der Rosa Luxemburg und die Jungfrauengeburt der Maria von Nazareth in den rosa Altbau zogen, stand Eva K. dort im ersten Stock am Fenster, hinter dem es einen Flügel, ein Dienstmädchen und ihre Eltern gab. Den zweiten Stock unter dem Dach teilten sich drei Familien mit jeweils zwei Kindern. Jede hatte 1 ½ Zimmer. Im Winter lag Schnee auf den Dachluken und machte die verrauchten Zimmer still. Unter den Fenstern standen die Klappsofas, auf denen die Kinder schliefen. Wütende, verschüchterte, blasse Blagen, fand

meine Mutter Liz. Die Jungen hatten rote Fähnchen an ihren Fahrrädern. Kommunisten, sagte mein Vater Leo, kaum dass er mit seiner Familie in die düstere Wohnung gezogen war. Nebenan stand eine Fabrik für Waschmaschinen und Metallverarbeitung, die in wenigen Jahren pleitegehen sollte.
Im Hof hinter dem rosa Haus wuchs der Apfelbaum.

Bei der Technischen Universität nicht weit vom Bahnhof Zoo steigt Eva K. an dem Februardienstag, zu dem man sie in die Opernkantine eingeladen hat, noch einmal aus dem Bus, um ein Stück zu Fuß durch den Tiergarten zu laufen. Unter dem Mantel trägt sie eine fusselige Strickjacke. Du solltest Tänzerin werden, sagt Eva K. einmal, als ich im Hof einen Handstand gegen die warme Hauswand mache.
Einen sehr langsamen Handstand, der *Zirkus, Zirkus* rief.
Da war ich fünf. An dem Tag trug sie zum ersten Mal diese fusselige blaue Strickjacke wie in all den Jahrzehnten danach auch. Inspizientinnen-Jacke habe ich diese Strickjacke genannt. Eva K. war regelmäßig bis zu ihrer Pensionierung als Lehrerin für Englisch und Französisch mit ihren Mädchenklassen ins Theater oder die Oper der nächstgrößeren Stadt gefahren. Nach Wuppertal. Als ich alt genug war, blieb fast immer eine Karte übrig. Für mich. Eva K. wäre gern beim Theater gelandet. Meine Eltern kannten Theater gar nicht, wenigstens nicht von innen. Für meinen ersten Ausflug ins Weihnachtsmärchen hielt meine Mutter ein speckiges schwarzes, samtiges Ding über den Dampf des Küchenkessels. Mein Tanzstundentäschchen, sagte sie. Als ich dort ein Taschentuch, einen Fünfmarkschein und ein Hustenbonbon unterbringen wollte, fand ich im Seitenfach alten Traubenzucker und einen Rosenkranz.

Seit Jahrzehnten kennt Eva K. die Rückseite der TU und das Wohnheim dazu. Nicht mehr wie früher hängen Plastikbeutel an den Fensterbrettern, um Essensvorräte kühl zu halten. Die Fassadengestaltung ist bunter, aber nicht fröhlicher geworden. Sie legt den Kopf in den Nacken. Die Bäume, die ihre Zweige und Äste dunkel wie Tuschezeichnungen gegen den hellen Himmel recken, sind auch dicker geworden. Willkommen im Club, denkt sie und fasst sich mit beiden Händen in die Taille. Gleich wird sie Richtung Landwehrkanal gehen. Eine neue Verwaltung hat Sitzbänke über dem ganzen Gelände ausgewürfelt. Ihr Rot wärmt schon beim Hinschauen den Hintern.
Auf einer liegen zwei Äpfel und ein wenig Schnee, schreibe ich.

Eva K. ist in den Weg am Landwehrkanal eingebogen, der um diese Jahreszeit einem leeren Strand aus festgebackenem Sand ähnelt. Hier steht irgendwo das Denkmal für Rosa Luxemburg. Wer, fragt Eva K. sich, hatte noch mal behauptet, dass Luxemburg sich aus Verzweiflung über die Irrtümer der Kommunistischen Partei umgebracht hat? Franz Josef Strauß?

Der Nachbar unten im Haus? Leise wiederholt sie die Wörter Nachbar und Strauß, während der Zoo am anderen Ufer des Landwehrkanals bis zu ihr herüber nach Zoo riecht. In einem Gehege erkennt sie sieben Wölfe und hört den Rhythmus ihres Rudellaufs – ein synchrones Tapp-Tapp, Tapp-Tapp der Pfoten auf gefrorenem Laub, schreibe ich.

Und welches Wetter nimmst du eigentlich, wenn es ein Draußen in einer Szene braucht?, wird Eva mich später an diesem Februarnachmittag fragen.
Aber noch ist es nicht so weit.

Am Ende des Wegs, wo der Tiergarten an eine befahrene Straße stößt, steigt Eva K. in einen nächsten Bus. An meinem Tisch daheim mit Blick auf einen Hinterhof, wo ich keinen Handstand mehr gegen die Hauswand mache, speichere ich die letzten Sätze auf dem Computer, während Eva K. bei der Haltestelle Staatsoper Unter den Linden bereits wieder aus dem Bus steigt und sich rasch mit einem Kamm durch die Haare fährt, bevor sie Richtung Kantineneingang geht – sie, eine Dame im Alter von siebzig bis neunzig mit einer Körpergröße über 1,75 cm, genau so eine, wie sie laut Anzeige für die Komparserie im *Ring* gesucht wird. Wofür man bei Wagner wohl so was braucht? Singen kann sie jedenfalls nicht. Noch mal: Wofür braucht man in Wagners *Ring* große, alte Frauen?
Für eine Traumsequenz?
Für eine Schlachtszene, um das Ende der zivilisierten Welt darzustellen?
Für eine Pantomime?

Ich, an meinem Computer, schaue im Netz nach dem Programm der Staatsoper, während Eva K. bereits durch den Bühneneingang geht.

Carmen wird für heute angekündigt. Morgen spielen sie passend
zum Wetter *Im Nebel ein Licht – ein Janáček-Strauss-Abend*.
In die Staatsoper gehe ich eigentlich nie.
Die Karten sind zum Schreien teuer.
Geschenkt, sage ich mir und suche meine Mütze.

Traum von Rudi

Die Manteltaschen sind groß und aufgesetzt.
Ein Tier springt in die linke
beißt sich am Innenfutter fest
und heißt Rudi
weiß ich
als ich die zornigen Falten im Stoff sehe.
Ich gehe in eine Reinigung
schiebe Mantel und Rudi über den Tresen.
Lass doch das Tier in Ruhe
sagt über Jahrzehnte hinweg
meine Mutter.
Rudi
benannt nach Rudi Dutschke
kreischt aus der Tasche.
Vierundzwanzig Stunden steht auf dem Abholzettel.

Es sind nicht alle Flecken rausgegangen.

Apothekertochter

Terroristin, sagen die Leute in S.
Keine Hübsche, meint Leo.
Ich finde Ina schön –

Ina ist die Tochter des Apothekers und dreizehn Jahre älter als ich. Sie will Schauspielerin werden. An Sonntagnachmittagen werde ich ihr anvertraut. Leo hat als Mann den Schulterwurf beim Rock 'n' Roll und Liz und Leo haben als Paar das Kinderkriegen aufgegeben. Gegen ihre Menstruationsbeschwerden nimmt Liz nun die Pille, aber redet nicht darüber – auch mit Leo nicht. Sie reden ohnehin nicht mehr viel miteinander, aber gehen sonntags zusammen im Kolpinghaus tanzen. An den Nachmittagen nimmt Ina mich mit in die Roten Berge, Halden eines stillgelegten Eisenbergwerks am Rand von S., wo sie sich mit Jungen trifft, die dort in Baracken zwischen Müllhalde und Fußballplatz leben. Nissenhütten, sagen die Leute in S. Einer der Jungen trägt einen dunklen breitkrempigen Hut und schmutzige Stiefel.

Alle sind sie so fremd, so schön. Sie sind so anders.
Zigeuner, sagen die Leute in S.
Kann man sesshaft werden in der Sehnsucht?
Ina und die Jungen, sie raufen und sie küssen sich. Wenn Ina und ich später durch Müll, hohes Gras und Brennnesseln wieder nach Hause gehen, hat die Apothekertochter Heiserkeit und Übermut in der Stimme. Da haben wir uns ja ein widerliches Biest großgezogen, schreit Inas Vater, der Apotheker, an ihrem sechzehnten Geburtstag. Sie schreibt es auf. Jede seiner Beschimpfungen hält sie in ihrem Tagebuch fest. Die Schrift rast außer Rand und Band und schräg über das Papier. Kaum dass der Kuli ihr folgen kann: Das, schreibt sie, sagte er zu Mutti, genau das, was er schon immer auf der Zunge hatte, na ja, nun hat er es wenigstens gesagt. Ich bin keine Tochter, sondern eine alte Hexe! Ich geh dann mal zur Theaterprobe. Nächsten Samstag haben wir Premiere. Ich spiel die Braut, das ist die Hauptrolle.
Der Eintrag vom 12.6.1960 ist der letzte im Tagebuch, auf dessen abwaschbarem Einband fein gestrichelte Frauen tanzen wie Feuerwerksfunkenmariechen.
Sind das Blumen oder Frauen?

Nach dem Abitur heiratet die Apothekertochter den Sohn vom Uhrmacher und bekommt einen Sohn vom Briefträger.
Der Briefträger hat Zauber, der Uhrmachersohn die Sprache.
Sie geht mit dem Sohn des Uhrmachers und dem Kind vom Briefträger nach Berlin und politisiert sich im April 68, als ein Attentäter auf Rudi Dutschke schießt. Am 11. April taufe ich meinen Wellensittich Muck auf einen neuen Namen. Ab heute sollst du Rudi heißen, sage ich und schütte feierlich ein Milchkännchen voll Wasser durch die Gitterstäbe. Lass doch das Tier in Ruhe, kreischt meine Mutter. Rudi schüttelt die Federn aus. Da ist Ina bereits mit dem nächsten Mann zusammen. Er hat rote Haare, Ähnlichkeit

mit einem Clown und zieht mit ihr in die Kommune I. Den Sohn vom Briefträger, der wie eine Tochter aussieht, holen die Großeltern nach S. zurück und schneiden ihm bereits im Zug die langen Haare ab. Er soll ja keine Hexe, kein Biest wie seine Mutter werden. Fritz ist sieben Jahre jünger als ich. Mit Nachnamen heißt er wie seine Großeltern. Niemand weiß, dass er der Sohn von Ina Siepmann ist. Auch ich weiß es lange nicht, habe auch ich Ina vergessen? Wo sind meine Erinnerungen, wenn ich sie nicht habe? Als Fritz auf das einzige Gymnasium der Stadt kommt, auf dem Ina einmal war und ich noch bin, tragen fast alle Parka und das Haar lang. In den großen Pausen rauchen die Biester und Hexen in einer Ecke neben dem Klo, während Fritz Jahr für Jahr Klassenbester ist.

Ina und ihr rothaariger Freund sind aus der Kommune I rausgeflogen und haben sich dem Zentralrat der umherschweifenden Haschrebellen angeschlossen. Später werden sie in einem Ausbildungscamp der palästinensischen Al Fatah gesehen, wo sie alles lernen, was man für das Leben im Untergrund braucht.

Wirklich alles?

Und was müssen sie verlernen?

Ob Ina ihre Herkunft als peinlich empfindet und sich deswegen im Untergrund versteckt?

Ob sie beim Basteln von Molotowcocktails geschickt war, geschickter als Ulrike Meinhof?

Ob sie nicht doch und immer noch lieber Schauspielerin geworden wäre?

Ob alles anfangs ein Spiel für sie war, mit den Männern dort, alle so fremd, so schön, so anders?

Ob sie sich mit ihrer hellen Haut oft einen Sonnenbrand geholt und sich noch öfter verliebt hat?

Ob sie so, unter Fremden, mutiger und nie einsam war?

Ob sie manchmal geweint hat? Aus Trauer? Aus Angst?

Ob die Apothekertochter wusste, dass die Tränen der Angst eine andere Rezeptur haben als die der Trauer?
Ina kommt nach Deutschland zurück. Es folgen ihre Banküberfälle im weißen Hosenanzug zwecks Geldbeschaffung. 1974 wird sie festgenommen und zu dreizehn Jahren Haft verurteilt, um 1975 gegen einen entführten CDU-Politiker von der Bundesregierung mit vier anderen aus der Bewegung 2. Juni ausgetauscht zu werden. In Begleitung eines Pastors wird sie in den Südjemen ausgeflogen. Ina aus S. und der Mann der Kirche verstehen sich gut. Bei der Abreise trägt sie eine lila Samthose und eine bestickte Afghanenjacke. In der Flugzeugtür, sehe ich im Fernsehen, dreht sie sich noch einmal um. Sie winkt. Ich winke zurück. Was machst du denn da, fragt meine Mutter, das ist doch nur die Tagesschau.

Im Sommer nach meinem Abitur arbeite ich nicht bei der Post, sondern in einer Lokalredaktion der Nachbarstadt. Von Sonntag bis Freitag fahre ich morgens um sieben mit dem Bus über einen Berg, dann durch einen kleinen Wald. Dahinter kommt ein Tal, das weder tief noch breit ist. Wo Ina ist, weiß ich nicht. Auf jeden Fall ist sie nicht im Fernsehen.
Im Bus lese ich regelmäßig die Zeitung von gestern. In der ersten Praktikumswoche reißt mir das Riemchen an meiner Sandale. Ich rutsche eine halbe Stunde mit nur einem Schuh auf dem Hocker bei Mister Minit herum. Das soll ein Schnellschuster sein? Er ist jung und sehr langsam. Neben mir auf dem Hocker sitzt der Bürgermeister des Orts in weißen Socken und starrt auf meinen nackten Fuß. Aus Ohren und Nase wachsen ihm Haare. Am gleichen Abend fange ich eine Freundschaft mit dem langsamen Schnellschuster an. Freundschaft plus, würde man heute sagen. Er heißt Hans, hat einen Ohrring und eine anhängliche Katze im Radkörbchen.
Jener Sommer ist lang wie ein letzter Kindersommer. An einem der wenigen Regentage interviewe ich für die Kulturseite Pierre

Brice. Er gibt den Winnetou auf einer Freilichtbühne im Sauerland. Ich frage ihn nicht, wie es als Soldat im Algerien- und Indochinakrieg war, frage ihn nicht, ob er nicht lieber in Paris Theater spielen würde, als auf Sägespänen im Sauerland den Häuptling der Herzen zu mimen. Ich frage ihn in meinem Schulfranzösisch, und seine Antworten kann ich schon am Abend nicht mehr richtig wiedergeben. Was ich nicht verstanden habe, erfinde ich. Die Fotos zum Interview sind bei einem meiner vielen Umzüge verloren gegangen. Auf den Abzügen hatten der Häuptling der Apachen und ich ähnlich lange schwarze Haare. Seine waren eine Perücke.

Auch Ina hat Perücken getragen. So getarnt hat sie bei ihren Banküberfällen mehrere Millionen D-Mark erbeutet, die sich die PFLP, die RAF und der 2. Juni geteilt haben sollen.
Sagt man.
So ist sie eine der meistgesuchten Terroristinnen der Bundesrepublik Deutschland geworden und auf den Fahndungsplakaten aufgetaucht, die überall hingen. Auch in der Sparkasse von S. Der Briefträger, der einen Sommer lang in S. die große Liebe seiner Aushilfsbriefträgerin Ina war, ist mittlerweile in den Innendienst versetzt. An einer Säule gegenüber seinem Postschalter 3 hängt ebenfalls ein Plakat. Ina, dritte Reihe von oben, dritte von links. Besonderes Merkmal: ein Leberfleck auf der Oberlippe. Was sonst an ihr besonders ist, sieht man auf dem Foto nicht, sieht nicht, dass sie einmal Gedichte auswendig lernte, die ihr größer zu sein schienen als sie selbst. Vor dem Spiegel sagte sie ihre Verse auf und stellte sich dabei auf die Zehenspitzen.

Ob Inas Briefträger noch heute im Telefonbuch von S. steht?

Vom 20. bis 23. März 1959, lese ich in ihrem Tagebuch, hat sie mit der Klasse eine Fahrt ins Sauerland gemacht. Nachts, in der Jugendherberge, fotografiert ein Junge alle Mädchen im Pyjama, danach schläft Ina nur vier Stunden. Tagsüber aber wandert sie sieben. Ziel ist die Burg Altena. Auf der Wanderung fangen alle mit allen was an. Aber ich, so tippe ich aus ihrem Tagebuch ab, habe natürlich keinen abgekriegt. Wenn ich wenigstens hübsch wäre, aber das bin ich 1. nicht, 2. habe ich keinen Charme, und 3. habe ich keine Formen …
Ob wenige Sommer später der verliebte Briefträger das anders sah?
Ob noch später er ihr wohl von Schalter 3 aus zugenickt hat, wenn er seinen Dienst begann oder beendete?
Ob sie von der Säule gegenüber, so ganz aus der Ferne, zurücknickte?
Ob sie noch immer ihren Humor hatte?

Woher ich ihr Tagebuch habe?
– geschenkt, sagt das Tagebuch.

Im September 1982 soll sie als Mitglied einer palästinensischen Frauenbrigade im Libanon beim Massaker von Sabri und Schatila ums Leben gekommen sein.
Im Libanon ums Leben gekommen – warum bin ich mir eines Tages Ende der Achtziger, auf einem engen Balkon neben einem Mann namens Methusalem sitzend, plötzlich so sicher, dass ich eine Geschichte schreiben werde, die genau mit diesen fünf Wörtern beginnt: Im Libanon ums Leben gekommen.
Ich könnte Methusalem fragen. Er könnte ihr sogar begegnet sein, denn er ist so alt wie sie, kannte sich einmal mit Che, Schah Shit und überhaupt allem Revolutionären aus und weiß bis heute, was richtig links und was richtig falsch ist.
Aber ich lasse es.

Kurz bevor Ina offiziell als tot gemeldet wird, taucht sie mit einem kleinen Mädchen, das sie ihres nennt, bei der Deutschen Botschaft in Beirut auf, um eine Ausreisemöglichkeit in die Heimat zu erbitten – im Austausch für Insiderwissen über die RAF. Der unerwartete Besuch ist der Dame am Empfang unheimlich. Hat diese Frau nicht Blut in der Stimme? Die Dame verschwindet. Während die Diplomatie hinter geschlossener Tür noch zögert, soll auch Ina so schnell verschwunden sein, wie sie kam – ohne Spuren zu hinterlassen.
Es wird still um sie.

Die stille Frau, stelle ich mir vor, ist die letzte Mieterin in einem luxussanierten Haus in Frankfurt/Oder, Senftenberg oder Schwedt. Ihre Haare sind kurz und grau, den Namen hat sie geändert und den Leberfleck auf der Oberlippe wegmachen lassen, vor langer Zeit schon. Zwei Jahre lang hat sie auf Kosten eines Investors in einem Hotel verbracht. Jetzt kommt sie in die Wohnung zurück und geht auf die achtzig zu. Ihr Klavier kaputt. Die Finger wollen ohnehin nicht mehr gehorchen. Das Haus eingerüstet. Vor den Fenstern Folien. Ihr Leben sei *futschikato*, teilt sie aus dem Halbdunkel ihrer völlig unaufgeräumten Wohnung einer alten Genossin am Telefon mit, legt dann auf und tigert am Stock durch drei Zimmer, durch die kommende Nacht, durch schlechte Träume. Der Dunkelheit den Abgrund nehmen und dafür eine Tiefe geben – wie macht man das? Früher einmal löste die Knarre die Starre. Doch jetzt? Die stille Frau stolpert über ein Bild, das seit Jahren gegen die Fußleiste neben dem Bett lehnt. *Straße in Ostende*, sagt die Signatur. Hier wohnt niemand, sagen die Fenster der Häuser dort. In ihren Rahmen hängen Laken aus öliger Finsternis. Irgendwo in diesem Bild von Ostende läuft die Straße auf zwei Kirchtürme zu, beide mit Ziffernblatt, doch ohne Zeiger, ohne Zahlen, ohne Zeit.
Ein Auto steht am Straßenrand mit unwirklich weißem Nummern-

schild. Verfassungsschutz? Welche Verfassung soll denn hier noch geschützt werden?
Die von dem Mann oder Zivilen knapp vor dem Auto, bevor er nach rechts abbiegt?
Die von dem Mädchen, grau wie die Hauswand neben ihr, auf die sie keinen Schatten wirft?
Ist das ein Mädchen?
Eine Oblate?
Eine alte Frau? Etwa sie – ganz still?

1990 steht sie noch einmal auf der Liste derer, die aus der westdeutschen Terrorszene in der DDR untergetaucht sind. 1990 schreibe ich meinen ersten Roman. Er ist eine 173 Seiten lange Suchanzeige: Ina, bitte finde mich, ich bin jetzt schon über dreißig.

Im März 1998 taucht ihr Name in der Selbstauflösungserklärung der RAF auf.

Kantine zwei

Der Pförtner am Bühneneingang der Oper weist ihr den Weg, ohne dass sie danach gefragt hat. Schon klar, Eva K. ist groß, und sie ist alt. Eine junge Frau gibt ihr an der Kantinentür einen Zettel. Name, Anschrift, das Übliche. 1,77 cm schreibt Eva in die fünfte Spalte, denn sie ist geschrumpft. Achtundsiebzig Kilo schreibt sie in die sechste, denn sie ist dicker geworden. Schuhgröße 41 schreibt sie. 42 ½ anzugeben, kommt ihr wüst vor. Dass sie einmal Klavier

und Tennis spielen konnte und sich nie in Männer, aber zwei-, dreimal in Frauen verliebte, schreibt sie nicht. Für solche Infos gib es auf dem Zettel keinen Platz. Dass sie fließend Englisch und ein altmodisches Französisch spricht und seit der Pensionierung Italienisch lernt beim Wirt vom Bella Italia am Marktplatz 3 von S., will hier auch keiner von ihr wissen und auch nicht, dass sie ihr Leben lang nie hübsch, sondern nur holzig war.
So eine Art Tanne eben, mit hängenden Schultern.
Dann steht sie mit zwanzig anderen großen alten Frauen in einer Reihe vor der Kantinenwand. Keine lehnt sich an. Alle schauen in den Raum, wo Menschen sitzen, in deren Leben Eva K. auch gern gehören würde – wenigstens als Statistin. Ein Mann und eine Frau unterhalten sich sehr laut von Tisch zu Tisch.
I come from Spain, but now I live in Tel Aviv. And you, are you married?
Yes.
How nice! How long will you stay?
Till the end of December, it's a very cosy apartment …
Er sieht asiatisch aus, sie schön. Sicher singen beide am Haus, und beide haben sie sehr kleine Ohren. Ob sie vernehmen, dass Eva K. sie belauscht? Wer hat das noch mal gesagt, schreibe ich an meinem Tisch daheim, dass einer vernehmen kann, was er sieht, ein Klavier oder Laub, das der Wind bewegt. Doch in Umkehrung nicht. Niemand kann sehen, was er vernimmt …
Über den Tischen der Kantine brennt warmes Neonlicht. Oder ist das LED? Eva K. weiß es nicht, aber hat sich daran gewöhnt, dass sie vieles nicht mehr weiß oder kann. Vorbei sind die Zeiten, in denen sie lange Strecken mit dem Auto in Urlaub fuhr, Twist tanzen oder Staubsauger reparieren konnte. Singen müsste man können, denkt sie, zwanzig müsste man noch mal sein und Lust haben, sich ausgestellt im Scheinwerferlicht als Isolde, Brünhilde oder Senta auf eine Bühnenrampe zuzubewegen.

Es riecht nach Essen, und draußen wird es dunkel. Der Regisseur flüstert mit seinen beiden Assistentinnen, die nach wenigen Minuten auf zwei Kandidatinnen zugehen. Die eine der Erwählten hat nicht mal die geforderten 1,75 cm, aber ist gepudert und rauschengelhaft frisiert. Hat eben nicht geklappt. Warum sich grämen? Andere haben nicht mal die Chance zu versagen, hat neulich beim Lidl in S. eine ehemalige Schülerin zu Eva K. gesagt. Sie hatte einmal bei Beuys studiert und sitzt jetzt an einer Supermarktkasse.
Während alle großen alten Frauen, die vom Regisseur des *Rings* nicht erwählt wurden, ihre Jacken und Mäntel von den Garderobenhaken beim Kantinenausgang holen oder rasch zur Toilette gehen, zupft Eva K. an ihrer Wolljacke. Die Ähnlichkeit zwischen Eva K. und Hannah Arendt ist groß, tippe ich rasch noch in meinen Computer daheim und habe die Mütze bereits auf. Wegen der beiden Frauen habe ich immer gedacht, dass eine kluge Frau freier ist als eine schöne …
Eva K. hält inne. Da war ein Geräusch, soeben, eins, das versuchte, keins zu sein? Sie geht an mehreren Kantinentischen vorbei zur Terrassentür, die in den Schnee hinausführt. Dort lehnt sie sich an den Rahmen und rutscht nach unten. Wieder knackt es. Waren das ihre Knie, oder war das ein ganz anderes, leises Knacken, wie wenn ein Zweig bricht? War das – *knack* – der Tod?
Auf der Schwelle bleibt sie mit angezogenen Knien sitzen. Sie schaut zwischen ihre Beine. Linoleum scheint ihr ein guter Bodenbelag zu sein. Sie bleibt am Boden sitzen, während ich daheim vom Schreibtisch aufstehe und meine Mütze suchen gehe.

Der Februar ist kalt, und der Bus 100 vom Bahnhof Zoo zur Staatsoper fährt mir vor der Nase weg.

Papi, wenn ich groß bin, erschieß ich dich auch

An dem Abend Ende April, der warm gewesen ist wie ein Sommertag, hat eine Pflegerin am Fußende des Bettes für meinen Vater das Fenster zum Schwarzwald geöffnet und anschließend mich angerufen. Da wusste ich bereits, dass er tot war. Es ging um Organisatorisches. Sie müssen ihn rasch holen, sagte die Pflegerin, wir haben keine Kühlkammer. Das katholische Beerdigungsinstitut von S. transportierte ihn zwanzig Stunden später aus seinem unruhigen Leben zwischen Bahnsteigen, Hotels und Frauen heraus und zurück in die Stadt, wo er geboren war.

Fünfundfünfzig Jahre zuvor, Juni 1967. Ich bin soeben aus dem Kinderballett gekommen. In unserer Parterrewohnung sitzen wir mit Käsebroten vor der Tagesschau. Dann vergessen wir die Käsebrote. Ein junger Mann liegt vor einem VW Käfer. Liz ist außer sich, wie immer, wenn sie Menschen in der Tagesschau tot oder sterben sieht. Der Sprecher hat etwas von Studentenkrawallen gesagt, und ich bin an diesem 2. Juni auch außer mir, denn ich interessiere mich für Krawalle. Ich stelle mir darunter die Wildheit einer Menschenmenge vor, zu der sich Bären und Teufel gesellen und eines Tages auch ich. Wer wild sein kann, ist auch schön und hat einfach recht! Leo öffnet beim Anblick des Toten, den ein Polizist von hinten erschossen hat, die Lippen, sagt aber nichts, sondern zieht nur Luft durch die zusammengebissenen Zähne. Das Geräusch kenne ich. So formuliert mein Vater Ratlosigkeit und Überlegenheit zugleich, in der Höhle eines Mundes, der nicht sprechen kann oder will. Ich werfe meine Zöpfe über die Schulter, setze mich gerade hin wie ein Hund und schlage ihm aufs Knie.
Papi, wenn ich groß bin, erschieß ich dich auch!

Schon klar, aber jetzt gehst du erst mal ins Bett, hat Leo damals auf meine Kampfansage geantwortet.
Hätte er eigentlich gern mehr Kinder oder hätte er lieber gar keine gehabt?
Und machten die, die nach mir nicht zur Welt kamen, bis zum Schluss einen stillen Lärm in seinem Kopf?
Ich weiß es nicht und sammle deswegen Beweise einer Existenz, von der auch ich ein Teil bin. Unglücklich war er nie, eher ungehalten, unbeteiligt und innerlich verwahrlost, was äußerlich lange nicht auffiel. Wenn Leo am Küchentisch Filterkaffee trank, hat er nicht wie Liz in den Hof gestarrt, wo der Apfelbaum wuchs und später fehlte, sondern er hat Zeitungen gelesen. Vor allem Überregionale. Auf dem Regal im Wohnzimmer standen aneinander gelehnt die Bibel, eine zerfledderte Ausgabe von Hitlers *Mein Kampf* und später ein Taschenbuch mit der Frage *Was wollen die Achtundsechziger.* Gelesen aber hat er regelmäßig in einem vierten: *Der Verkauf beginnt, wenn der Käufer nein sagt* von Elmer G. Leterman, einem Pionier auf dem amerikanischen Markt in den Fünfzigern, der als Erster die Beine von Varieté-Tänzerinnen und Nasen von Boxern versicherte. Eigentlich war dieses Buch Leos Bibel.
1. Mit Humor kommt man am weitesten.
2. Was du zu verschenken vorgibst, verwandelt sich in Gewinn.
3. Für einen Misserfolg mag es zahllose Gründe geben, aber keine Entschuldigungen.
4. Ein jeder muss immer erst eine bestimme Anzahl an *Neins* loswerden, ehe er *Ja* sagen kann. Wenn man sich genügend Neins eingehandelt hat, das wirkungsvollste Wörtchen des Verkaufs dagegensetzen: *Warum.*
5. Wer schnell überlegt, kann befehlen. Wer zögert, muss gehorchen.
6. Verkaufen ist eine Bindung zwischen zwei Menschen, von denen der eine – der Verkäufer – die Ideen haben muss, von denen der andere – der Käufer – glaubt, es seien seine.

7. Gern Menschen kennenlernen – sie zu lieben ist eine andere Sache.
Kurz nach dem Tod von Liz fand ich in ihrem Nachtschrank eine Kunstledermappe mit Briefen, Zetteln und Telefonzeichnungen. Zuoberst lag eine Postkarte aus Frankfurt, datiert vom Mai 68: Liebe Liz, du hast dich in vielem schon sehr verbessert und erleichterst so unser Zusammenleben. Vor allem, wenn du lächelst.
Leos Telefonzeichnungen – entstanden während der endlosen Gespräche mit Männern, die wie er Waschmaschinen verkauften oder Politik machen wollten – verraten Geheimnisse, die banal sind. Auf einem Block für Gesprächsnotizen, der neben dem Apparat in der Küche lag, zeichnete er mit harten Kulistrichen abstrakte Muster, Petticoats, Waschmaschinen mit Flügeln oder zwei kindlichen Bullaugen, Abenteuer von einem kleinen Hund, dem immer gleichen – oder eine liegende Frau ohne Gesicht. Später grillte er auch im Hof an der Stelle, wo der Apfelbaum nicht mehr stand. Einmal, als das Feuer nicht richtig brennen wollte, goss er Benzin hinein. Eine Stichflamme versengte die Haare, seine Augenbrauen und Wimpern. Mit Verbrennungen zweiten Grades kam er ins katholische Krankenhaus, in dem wir alle geboren – oder manche auch nicht geboren sind.
Er neige zur Selbstgefährdung durch Hilflosigkeit, wird eines Tages in seiner Patientenakte stehen, die am Fuß des Schwarzwalds auf seinem Nachttisch liegt. Wie lange eigentlich hat die schleichende Entwurzelung meines Vaters auch mich aus der Balance gebracht? So lange, bis ich mich an seinem Grab sagen höre: Die, die ich bin, bin ich trotz und bin ich wegen ihm geworden.

Ich stelle mir vor: Bevor er, lang und schmal wie Anthony Perkins, jeden Freitag von Wuppertal mit dem D-Zug nach Frankfurt am Main fährt, um im ehemaligen Büro der verbotenen Kommunistischen Partei fünf Waschmaschinenvertreter namens Vobis, Uhl,

Meier, Leumund und Heiland in bar die Provision für ihre vergangene Arbeitswoche als Klinkenputzer auszubezahlen, hat er im Morgengrauen den Brustbeutel unter sein Oberhemd geschoben, den er noch aus seiner Zeit als Pfadfinder hat. Er zieht ein Jackett an. Die Ärmel sind zu kurz und die Knöpfe zu golden. Er ist Anfang zwanzig. Die Kommunistische Partei ist seit knapp einem Jahr verboten und Liz mit dem ersten Kind schwanger. Mit mir. Das viele Geld hat ihm wie jede Woche der Chef und Besitzer einer Waschmaschinen- und Metallfabrik in S. anvertraut. Es sind knapp zehntausend D-Mark. Im Zug nach Frankfurt am Main trifft Leo ihm ähnliche Menschen, die der inneren Unruhe jener Nachkriegszeit eine äußere Bewegung entgegensetzen müssen. Sie treffen sich im Speisewagen und erzählen davon, wie das Leben mit ihnen spielt und sie mit dem Leben. Im Angebot hat die Küche Gulaschsuppe, Wiener Würstchen mit Kartoffelsalat, Bier, lieblichen Sekt und Filterkaffee, der meistens zu lange gestanden hat. So ist das, höre ich meinen Vater sagen, es gibt eben Sofamenschen und Wandermenschen. Der Wandermensch spuckt nicht zwingend Feuer oder betreibt eine Geisterbahn. Er geht einfach nur dahin, wohin er will oder muss. Kein Ort ist Heimat. Jeder Ort ist Heimat. Ja, diese Wandermenschen, sagt er zu denen, die ihm im Speisewagen rauchend zuhören, sind eine zivilisierte Horde, ohne die unsere Gesellschaft nicht auskäme … Leo erzählt, wie immer mit geliehener Pracht. In Frankfurt am Main, stelle ich mir vor, steigt er aus seinem D-Zug. Er läuft mit dem Brustbeutel unter dem Hemd und Brötchentüte in der Hand über die Kaiserstraße und biegt ein in die Zeil. Neben dem Hauseingang, durch den er jeden Freitag geht, hängt der Schaukasten für die Sozialistische Volkszeitung. Er ist leer. Leo weiß nicht, dass er in wenigen Jahren seinen ersten Wahlkampf für die Christdemokraten führen wird, mit Liz an seiner Seite. In einer geliehenen Kutsche werden sie durch die Stadt fahren und aus ihrem hohen Wagen heraus

Wahlprospekte verteilen, in denen ich nicht mit abgebildet bin. Weil ich nicht will. Was sie nicht will, das will sie nicht, so die Beschreibung von Liz, was meinen Kindercharakter betrifft. Im ehemaligen Büro der Kommunistischen Partei zahlt Leo die fünf so lustigen wie liederlichen Vertreter Vobis, Uhl, Meier, Leumund und Heiland mithilfe seines Brustbeutels aus. Die Summen sind astronomisch hoch. Geld aber interessiert ihn nicht.
Doch was interessiert ihn?
Aus dem Hunger nach Sinn seinen eigenen Hunger nach Leben zu machen? Dem Leben mehr Sensationen abzuringen, als es im friedlichen Alltag freiwillig hergibt?
Weil sich so der Tod vergessen lässt, obwohl der so sicher ist wie das Amen in der Kirche, in die er jeden Sonntag mit Liz, seiner Mutter Elisabeth und bald auch mit mir geht?

Aus dem Waschmaschinenvertreter Leo wurde Anfang der Sechziger ein Vertreter des Volkes. Er hatte etwas Gewandtes, Zugewandtes, immer Ungenaues. Man wählte ihn, den ehemaligen Kolpings Sohn aus der katholischen Arbeiterbewegung erst in den Stadtrat von S., dann in den Kreistag, dann in den Landtag. Er war ein CDU-Mann ohne Abitur, und seine Rhetorik blieb die eines Verkäufers, also bunt. Die Zugewandtheit von früher lernte er für seine Zwecke zu nutzen. Auf die Heckscheibe unseres ersten VW Käfers klebte er anlässlich eines Bundestagswahlkampfs den Spruch: *Wähl auch du CDU.* Liz zog die Nase kraus, aber sagte nichts. Bei der nächsten Kommunalwahl, in der es um Leos Kandidatur als Kreisvorsitzender ging, überklebte er den alten Spruch mit einem neuen: *Liebe heißt, gemeinsam CDU wählen.* Kaum dass er mit dem neuen Bekenntnis auf der Heckscheibe hatte einparken können, kam Liz mit Putzeimer, Wasser und Schaber aus der Haustür. Nachdem sie beide Aufkleber entfernt hatte, suchte sie ihren Traubenzucker im Handschuhfach. Sie fand ein Freundschaftsarmband, auf dem der Name *Ginni* eingraviert war. Hab ich irgendwo gefunden, behauptete Leo und schaute sie mit seiner aufmerksamen Unaufmerksamkeit lange an. Sie glaubte ihm nicht. In dem Jahr fuhren wir in die großen Ferien in den Schwarzwald.

Der Ort heißt Todtnauberg, und ein gewisses Haus liegt weit weg von den anderen Häusern im Wald. Ein Mann ging dort in einer alten speckigen Lederhose zum Brunnen, eine Frau folgte. Beide waren klein und alt. Ich war klein und jung und lehnte meine Stirn gegen den Jägerzaun. Neben mir stand Leo.
Heidegger, sagte er leise. Ebenso leise setzte Nieselregen ein.
Ich weiß nicht, ob mein Vater wusste, wie sich Heidegger schreibt. Ob sich das *d* oder das *g* doppelt.
Ob ihm das wichtig war?
Willst du ihn was fragen?, fragte er mich.
Wieso?
Weil er ein Philosoph ist.
Er zeigte auf ein Sofakissen, das auf der Bank vorm Haus lag, und kurz stelle ich einen falschen Zusammenhang zwischen dem Kissen und dem Wort Philosoph her. Dann gingen wir zurück in unsere Pension Arnika. Leo war fröhlich auf dem Rückweg, so fröhlich wie der Nieselregen, so fröhlich wie sonst nur auf dem Kettenkarussell.
Ob ihm als Spruch des Tages etwas durch den Kopf ging, was ich später bei Heidegger las? Der Entwurfscharakter des Verstehens konstituiert das In-der-Welt-Sein hinsichtlich der Entschlossenheit seines Da als Da eines Seinkönnens.
Ob mein Vater an dem Nachmittag im Schwarzwald etwas von Heidegger verstanden und gleich in seine Sprache übersetzt hatte? Ungefähr so: Auch du, Leo, entwirfst die Welt nach deinen Bedürfnissen, deinem Können, und zwar in jeder akuten Situation.

Du machst den Entwurf, und die Realität sieht aus, wie es für dich, Leo, passt. Und so verstehst du dann auch jede Situation im Nachhinein, denn du hast sie ja selbst durch deinen Entwurf und deine Regeln so gestaltet, lieber Leo …

Jeder Mensch hat nur eine begrenzte Anzahl von Atemzügen.
Als ich ihn das letzte Mal sah, hing sein schmaler, langer, bleicher Fuß wie ein Lappen aus einem Pflegebett. Im Schwarzwald.
Wieder der Schwarzwald …
In einem Hotel, das er von seinen Vertreterreisen kannte, war er zwischen den Jahren zusammengebrochen. Doch schien er nicht richtig krank, sondern eher verschlissen und böse zu sein, wie der Fuß, der aus seinem Bett hing. Vor dem Fenster standen schwarze Tannen, die die Stimmung im Zimmer teilten.
Dann: Eine Frau mit roten Haaren sitzt an seinem Bett.
Raus, sagt sie, als sie mich sieht.
Sie sitzt, ich stehe.
Sie ist Ende siebzig und die ältere seiner zwei Geliebten. Er nennt sie Ginni, und sie trägt viele Armbänder. Ihre Augenlider sind silbern, schwer und schrumpelig unter der dicken Schicht Lidschatten. Ich denke, so war sie vor Jahrzehnten auch geschminkt, als sie an der Hotelbar anmutig, aber auch professionell ihren Schlüssel zwischen sich und ihn auf den Tresen legte. Jetzt gibt sie ihm etwas zu trinken, das hat sie von zu Hause mitgebracht. Kurz denke ich, sie vergiftet ihn mit diesem Smoothie, der die Farbe von verkochtem Rhabarber oder die Farbe vom Durchfall hat, den man nach Rhabarber bekommt.
Raus, sagt sie wieder.
Raus, echot er mit vollem Mund.
Ich ziehe meinen Mantel aus.
Sie beugt sich vor und beißt mich in den Unterarm. Ich hole mit dem Ellenbogen aus und boxe zurück. Kurz muss ich an einen

öffentlichen Auftritt meines Vaters denken. Nein, nicht an den mit der Wahlkampfkutsche und Liz im Biedermeierkleid an seiner Seite, und nein, auch nicht an eine spätere Wahlkampfstrategie von ihm, als er sieben zierliche Hostessen in klatschmohnroten Kostümchen als Bodyguards für sich anheuerte und so von Termin zu Termin zog. Ich denke an seinen letzten TV-Auftritt, als er vor laufender Kamera und zur besten Sendezeit in der ARD behauptete, Kinderlärm sei schlimmer als Straßenlärm. Das ist unmöglich, aber passt. Er wollte einfach alles, wollte gefallen und provozieren im gleichen Moment und schien gut damit klarzukommen, dass nicht nur ich sage: Ich liebte den, aber ich konnte ihn eigentlich nicht leiden.

Ginni liegt nach unserem Kampf am Boden. Vor Freude will ich heulen, aber lasse es – aus Rücksicht auf Leo, der Kinderlärm so hasst. Während sie unbeholfen versucht, wieder aufzustehen, schaue ich auf die Smoothie-Lache vor dem Bett und dann in das Gesicht meines Vaters. Ein Fuchs schaut zurück, schüttelt den Kopf auf dem Kissen. Mach den Mund zu, Kind, höre ich ihn sagen. Seiner zuckt zwischen Lachen und Weinen. Als die Lippen sich öffnen, brechen die Linien in seinem Gesicht. Für einen Moment scheint es, als stünden die Augen senkrecht übereinander, die Züge, alle, zerschnitten, verschoben, zerbrochen ohne Sturz. Das Gesicht wird zu einer Landschaft, in der ein Fuchs davonschnürt. Kurz bevor das Tier verschwindet, bellt es noch einmal mit belegter Stimme.

Raus!!!

Die Straßenbahn von Bad Herrenalb nach Karlsruhe fährt nur einmal in der Stunde durch Nadelbäume mit hängenden Schultern. Diese Bahn ist gerade weg, als ich aus dem Pflegeheim und in einen Nieselregen hinaustrete.

Wieder einmal Nieselregen …

Ich laufe an der menschenleeren Haltstelle vorbei und weiter Richtung Gewerbegebiet. Wie lange er noch leben wird, frage ich mich, während ich einen riesigen leeren Parkplatz überquere. An dessen Kopfseite hat das All einen Penny Markt hingeschleudert.
Wie lange es wohl noch dauert?
Wie geht das Leben zu Ende?
Wir wissen es nicht.
Beim Vater meines Vaters kam der Tod aus der Lampe. Die Lampe war ein Boot und hing über dem Ehebett der Eltern. In dem Boot ruderte Jesus und winkte: Komm, komm, komm. Er ruft mich, sagte der Vater meines Vaters Leo, der gerade siebzehn war, auf der Bettkante saß und schlecht geschlafen hatte im Feldbett am Fußende des Ehebetts. Von dort musste er Nacht für Nacht dem langsamen Sterben seines Vaters zuhören …
In der Bäckerei beim Penny Markt kaufe ich ein Mettbrötchen mit Zwiebeln, einen Becher Filterkaffee und sage Nein zum DHL-Boten am benachbarten Stehtisch, der einen Puddingplunder isst. Nein, ich habe heute Abend schon was vor.

Wenige Tage später rufe ich von Berlin aus beim Pfarramt St. Bernhard in Bad Herrenalb an und bitte den Pastor um seelsorgerischen Beistand für einen ehemaligen Kolpings Sohn und immer noch Katholiken, der bis zuletzt an die Jungfrauengeburt glauben wollte. Doch bitte beim Besuch nicht von einer *Letzten Ölung* sprechen, sage ich, Sie könnten sonst rausfliegen.
Der Pastor ist vorsichtig und schickt den Kaplan.
Mein Vater ist schlau und wird wissen, worum es geht.
Wird wissen, dass er endlich gehen soll, wenn einer im dunklen Priesterzivil mit weißem Stehkragen an sein Bett tritt und ihm das Sterben als Eintrittskarte für das himmlische Reich verkaufen will?
Leo ist so dünn jetzt, dass er die Hüftknochen spüren muss, wenn er auf der Seite liegt. Alles schrumpelt, schrumpft und neigt sich

Richtung Erde. Nichts sitzt mehr richtig da, wo es hingehört, auch sein Gebiss nicht. Früher dachte er, das sei nur bei Frauen im Alter so. Jetzt ist der Tod auch um ihn herum? Ist wie ein großer Raum ohne Decke, der immer dunkler wird? Er drängt sich an ihn, der Tod, denn er ist einsam wie ich, denkt Leo, als sich die Tür zum Pflegezimmer öffnet. Er ist ein einsamer Mann in der Verkleidung eines Kaplans, der Tod, und gibt vor, aus der hiesigen Gemeinde St. Bernhard zu sein, um einfach nur mit ihm zu reden.
Über eine Stunde sei der Kaplan im Zimmer geblieben, berichtet man mir am Abend, und ich frage mich, was mein Vater wohl so lange zu beichten gehabt haben mochte. Wie viele Frauennamen wohl in seinem letzten Erzählen vorkamen? Ob er nicht nur für seine Untreue, sondern auch für all seine Lügen um Vergebung bat, zu denen auch die vom Selbstmord der Rosa Luxemburg zählte. Oder ob er nur so lange wie möglich jemanden unter einer hässlichen Deckenlampe an seiner Seite haben wollte, angesichts der plötzlich aufsteigenden Kälte und Leere in diesem letzten Zimmer, am Fuß des Schwarzwalds, in dem er zum letzten Mal ausatmen würde …

Ob er wohl im Schatten eines geduldigen Kaplans die Tochter gesehen hat, mich, und die Waffe dazu, mit der ich über die Jahrzehnte hinweg winke und noch einmal wiederhole: Papi, wenn ich groß bin, erschieß ich dich auch …

Seinen Tod hat mir die andere seiner zwei Geliebten am Telefon mitgeteilt. Ich nahm während des Gesprächs den Kassenbon vom letzten Wochenendeinkauf, schrieb mit links *tot* auf die Rückseite und schob den Zettel über den Tisch dem Mann zu, den ich liebe. Der zuckte mit den Schultern, dann strich er mir über den Kopf.

Um den Grabstein herum, auf dem die Namen Liz und Leo am Ende des Jahres, in dem er starb, gemeinsam stehen, als hätte tatsächlich nur der Tod sie scheiden können, wächst städtischer Rasen, den das Ordnungsamt pauschal für 108 Euro 28 Cent und für eine Liegezeit von zwanzig Jahren mäht. Früher hieß dieser Streifen auf dem Friedhof von S. *Weberwiese*. Die Armen wurden dort beigesetzt. Zur Beerdigung kam nur sie, die angerufen hatte, und nicht die andere, die mich gebissen hatte. Stilvoll und mädchenhaft, klein und allein stand sie mit ihrem Haarspraypagenkopf am ausgehobenen Erdhügel. Es war ein strahlender Tag Anfang Mai unter einem blauen Himmel, den nur ein paar Wolken störten.

Kantine drei

Eva K. sagt: Woher weißt du, dass ich hier bin – fast hätte ich dich verwechselt.
Nein, ich bins.
Sicher?
Wer sonst?, frage ich und nehme meine Mütze ab. Es ist warm in der Kantine.
Sie hat sich bei meinem Anblick auf der Türschwelle zur Seite fallen lassen. Ich stecke die Mütze in die Jackentasche und hocke mich zu ihr. Sie zieht die Knie an, bis sie ein großer Löffel ist, dem im Schoß nur ein kleiner fehlt.
Was machst du hier?
Schreiben, sage ich.
Sie zieht ihre Wolljacke fester vor die Brust.
Ach, du schreibst immer noch, fragt sie in dem Ton, in dem man

Frauen in meinem Alter beim Röntgen fragt: Schwanger sind Sie aber nicht – oder?
Und was schreibst du?
Ich zeige auf sie, fahre mit dem Finger die Kontur ihres Gesichts ab, ohne es zu berühren.
Mich schreibst du, fragt sie.
Ja, dich.
Da übernimm dich aber mal nicht, sagt sie.
Ich schaue mich in der Kantine um, und Zeit vergeht. Tische überall, alle – so kommt es mir wenigstens vor – aus dem gleichen Material wie mein Schreibtisch daheim. Er steht mit dem Gesicht zur Wand und zur Nachbarwohnung. Morgens knipse ich immer meine Schreibtischlampe an, egal, wie hell der Tag ist. Ich brauche diese Insel aus künstlichem Licht, auf der ich so viele Wörter wie möglich zwischen mir und den Dingen wegräume. Auf der anderen Seite der Wand hat dann bereits eine andere Frau die Schreibtischlampe angeknipst und gewartet, dass sie auch bei mir endlich ein leises *Klick* hört? Sie hat sich derweil Tee nachgegossen, E-Mails gelesen und – vielleicht wie ich – über die Unterschiede zwischen sich und mir nachgedacht? Oder zwischen *ihr* und *mir* – alles nur eine Frage der Grammatik? Oder der Perspektive?
Lebst du eigentlich allein?, fragt Eva K.

Tanz ist etwas für Kinder, die später im Leben einmal nicht zurechtkommen werden

Du solltest Tänzerin werden!
Eva K. hängte im Hof Wäsche auf, während meine nackten Fußsohlen in Zeitlupe die warme Hauswand suchten und ich dabei den Zirkustusch in meinem Kopf hörte. Noch ging ich nicht zur Schule, aber war Meisterin im langsamen Handstand. Wie deine Freundin Martina solltest du zum Ballett gehen, sagte Eva K., denn Tanz ist etwas für Kinder, die später im Leben einmal nicht zurechtkommen werden …

Später, als ich neun war, tanzte ich im Kinderballett von S. so wild, dass ich bei Drehungen und Sprüngen über die Diagonale am Ende des Raums gegen den großen Spiegel klatschte. Dort drüben, hinter dem Glas, gab es mich und die ganze Welt noch einmal und doch ganz anders? Wie kam man dorthin? Du solltest zwei- oder dreimal in der Woche zum Ballett gehen, sagte Eva K., ich glaube, du hast Talent. Weißt du, was Talent ist?
Nein.
Talent ist Interesse.
Die Ballettlehrerin nannte mich *Schneewittchen*. Eigentlich war ich ein Junge. Das Schulgeld für die zusätzlichen Stunden übernahm Eva K. In der dunklen Jahreszeit oder wenn es schlimm regnete, stand sie an der Pommesbude gegenüber der Ballettschule und holte mich mit oder ohne Schirm ab. Sobald ich Eva K. dort warten sah, kam Hoffnung auf, nicht für immer die Welt meiner Eltern teilen zu müssen. Freitags spielte man in dieser Welt Lotto, auch wenn samstags immer die Falschen gezogen wurden. Erzähl bloß nicht, aus welchem Milieu du kommst, sagte meine Mutter, wenn ich ohne sie zu Fremden ging. Nie sagte sie *Klasse* oder *Schicht*. Die Be-

griffe benutzte man in unserem Milieu nicht, in dem Bücher nach Größe und Farben geordnet wurden und es Kneipen an jeder Ecke gab. Eines Tages habe ich wenige Kilometer von diesem Milieu und nur wenige Schritte von der Pforte eines Opernhauses entfernt meine Zahnspange in eine blaue Seifendose gesteckt, habe den Pförtner gegrüßt und bin im Ballettsaal des Tanztheaters Wuppertal verschwunden. An jenem Tag bin ich dorthin gegangen, um zu erfahren, was mich eigentlich dazu bewegte, dorthin zu gehen.

Wie alt bist du denn?
Neunzehneinhalb.
Und wie heißt du?
Judith Martina.
Sie heißt Pina, und ich bin fünfzehn.
Nach Wuppertal mit den Kirchtürmen und Schornsteinen überall fuhr ich einmal im Monat, um die Zahnspange kontrollieren zu lassen. Aus der Schwebebahn sah ich die Rückseite der Stadt und deren Hinterhöfe, in denen im Winter Reif lag und im Sommer manchmal auf einer Treppe zwischen Tonnen ein gepunkteter

Ball wie eine fröhliche Sommersprosse in einem niedergeschlagenen Gesicht.
Ich stehe an der Stange. Sie zieht an ihrer Zigarette.
Wie heißt du weiter?
Mir fällt der Name meines Kieferorthopäden ein.
Hoffmann.
Und wo wohnst du, Judith Martina Hoffmann?
Ich sage: die Anschrift der Praxis, wenige Schwebebahnstationen entfernt. Und da, in diesem Moment, öffnet sich am Kopfende des Ballettsaals der Spiegel und wird das Fenster zu einem zweiten Raum. Dort drüben tanzt ein männlicher Engel. Zwischen Armbewegung und Armbewegung liegen Kindheit, Sterben und Lieben.
Du darfst für das Training heute bleiben, Judith Martina, sagt Pina, und du kommst dann mal wieder, wenn du neunzehneinhalb bist.
Ich bin nie wieder zu einem Vortanzen nach Wuppertal gefahren. Weder mit noch ohne Zahnspange. Hatte ich Angst vor dem Ballettsaal mit seinen verrauchten, schmutzig gelben Vorhängen bekommen und vor der Choreografin dort, die immer nur kurz ihre brennende Zigarette im Aschenbecher auf dem Regietisch ablegte, um eine Bewegungsfolge vorzumachen? Hatte ich Bedenken, kein männlicher Engel sein zu können? Oder mich selbst in so einer Arbeit nicht aushalten zu können?
Einen geglückten Sommer lang aber stand ich wenigstens in den Ferien in Wuppertal mit an der Stange, weil ich in irgendwen im Ballettsaal, in Methusalem, in die Schwebebahn oder die ganze Stadt im Tal verliebt war. Der alte Trainingsleiter gewöhnte sich an mich und schickte mich im September nach Essen, wo auch Pina Bausch Tanz studiert hatte. Doch eigentlich war ich in seinen Augen bereits ein sehr altes, langsames, fast somnambules Pferd von zweiundzwanzig Jahren.

Ein Laster ist vor einer guten halben Stunde in der Enge zwischen Autowerkstätten und Ballhäusern in der Rue de Lappe stecken geblieben, während ich im Café de la Dance einen Vertrag unterschreibe. Es ist Paris, das Jahr 1985 und der Tag vor Weihnachten. Im Jahr zuvor war ich in Westberlin noch Teil eines anarchisch feministischen Kollektivs von fünf Tänzerinnen aus vier Ländern. Während der Proben ohne viel Struktur und Ehrgeiz schauten wir einander verwundert zu. Aus dem, worüber wir am meisten staunten, montierten wir ein Stück. *Kassandra, Geschichte eines kleinen Krieges,* frei nach Christa Wolf.
Das Stück in Paris jetzt soll *Ophelia* heißen. Vielleicht.
Ophelia – peut-être, schöner Titel, sagt die Intendantin Catherine Atlani und schließt das Fenster wegen der Klagelaute des eingeklemmten Lasters. Ich hatte dieses *peut-être* einfach als Frage gemeint. Sie hat wohl *Sein oder Nicht-Sein* oder *Kann-Sein* übersetzt und so etwas Flirrendes in meinem Arbeitstitel gefunden, das vom Überleben Ophelias ohne Hamlet erzählt. Die Rolle dieses Prinzen will ich in meinem Stück mit Methusalem besetzen, also mit meinem Mann.
Catherine, die Intendantin, ist 1946 in Algier geboren und stammt aus einer jüdischen Familie.
In meiner Version, sage ich, wird Ophelia in dreifacher Besetzung tanzen, wird eine kluge, eine romantische und eine radikale sein. Am Ende ist die radikale tot, wegen Ulrike Meinhof und Rosa Luxemburg und so …
Okay? Die Intendantin lächelt. Ich nicht. Mein Französisch wird immer hölzerner, und Methusalem, der Mann an meiner Seite, hilft mir ausnahmsweise nicht.
Ophelia, sage ich, wird nicht dem Wahnsinn verfallen und sich nicht im Bach unter Weidenbäumen ertränken, sage ich, sondern sich an der eigenen Unterhose erhängen …
Okay …

… an einem Spiegel …
Okay.
Jetzt lächeln wir beide, die Intendantin und ich.
Ich bin auch Feministin, sagt sie.
Methusalem schweigt.
Wenn ich Methusalem eines fernen Tages aus meinem Leben werfe, werden in Rom die Mimosen blühen. Wir werden dann siebzehn Jahre zusammen gewesen sein – zehn davon zu viel.

Im Mai 1986 fahren wir mit einem verkehrsuntauglichen, aber polizeigrünen VW-Bus zu unserer Premiere von *Ophelia peut-être* nach Paris. Der Junge hinter dem Steuer ist neunzehn und unser Techniker. Über dreißig ist niemand außer Methusalem, der schon 68 in Paris war. Er ist unser Dramaturg und nur wenig älter als Catherine, die Intendantin vom Café de la Dance. Ich habe ihn für die Rolle des Hamlet in einen Pappkarton gesetzt, den er während der Aufführung nur ein Mal verlässt, um mit der romantischen Ophelia einen Walzer zu tanzen.
Methusalem mag Frauen und Frauenkleider.
Er mag auch Männer.
Und manchmal mich.
… in diesem Mai 1986 …
Im Mai 68 hat Methusalem in Paris Steine auf Polizisten geworfen und kurz zuvor in Berlin die Tür zum Büro des Rektors der FU eingetreten – wegen des Attentats auf Rudi Dutschke. Ob er vor jener Tür auch Ina, Ingrid Siepmann, getroffen hat, ohne zu ahnen, dass sie früher einmal auf mich so locker aufgepasst hat wie später auf sich selbst? Methusalem ging aus Angst vor einer gerichtlichen Auseinandersetzung von Berlin nach Paris und wurde ein Wölfchen, das vorgab, ein einsamer, geheimnisvoller Wolf zu sein, wenn er nachts durch sein französisches Exil streunte. Er

schloss sich der proletarischen Linken an. Seinen Vater kannte er nicht, und eine gewisse Ähnlichkeit zwischen ihm und meinem Vater Leo ist mir lange nicht aufgefallen. Beide waren sie geschickt im Lügen und hatten ebenso oft auch recht.

Am Tag unserer Premiere im Café de la Danse hat gleich um die Ecke das Tanztheater Wuppertal im Théâtre de la Ville ein Gastspiel. Drei Tänzer aus dem Ensemble sind unsere einzigen Zuschauer. Die Metro streikt, und außerdem hat sich wieder ein Laster in der Rue de Lappe breitgemacht, diesmal direkt vor dem Kassenfoyer.

So kann uns ja auch keiner finden, sagt die Intendantin Catherine und schnippt ihre brennende Zigarette gegen die Plane des Lasters.

Zwölf Jahre später, 1998, leben Methusalem und ich in Rom. Als die Mimosen blühen, haben wir dort unsere letzte Premiere. Danach löst sich das Ensemble auf. Ich bin erschöpft.

Meine Mutter stirbt.

Ich trenne mich von Methusalem.

Hätte ich es nicht getan, wäre ich wahrscheinlich auch gestorben.

Am Ende meines Rom-Jahrs werde ich von Stazione Termini aus mit zwei Koffern, einem grünen Topf und einem weißen Badehandtuch den Nachtzug nehmen. Ich will nach Berlin zurück, aber steige in Zürich aus. Neue Anschrift: Asylstraße am Römerhof. Die Tramlinien 3, 8 und 15 fahren unter dem Erker her, in dem wir schlafen. Die Einzimmerwohnung teile ich mit einer neuen Liebe, die mir eines fernen Tages über den Kopf streichen wird, wenn ich das Wort *tot* auf die Rückseite eines Einkaufszettels schreibe, um ihm, auf der anderen Seite des Tischs, mitzuteilen, dass jetzt auch mein Vater gestorben ist.

Eines frühen Abends. Ich fahre wieder einmal mit der Schwebebahn zum Opernhaus Wuppertal. Ein Blick auf die regennassen Scheiben sagt mir, dass Wuppertal mit Sonne besser ist als Wuppertal ohne Sonne. Ebenso gilt, dass Wuppertal mit Tanz besser ist als Wuppertal ohne Tanz. Offenbar kann man zu gänzlich verschiedenen Zeiten im Leben von ein und demselben Gefühl getragen werden. Diese Stadt in ihrem regennassen eingesargten Tal ist keine Sonntagsstadt, hat Pina Bausch einmal gesagt, es ist eine Werktagsstadt. Während ich wieder am Bühneneingang des Opernhauses vorbeigehe, als sei ich auf dem Weg durch einen gleißenden Traum, muss ich daran denken, wie ich mit fünfzehn dort meine Zahnspange aus dem Mund nahm, um aus einer alten Kindergewissheit heraus an etwas teilhaben zu wollen, das stimmte. Besser weiß ich es jetzt und besser wusste ich es auch damals nicht zu sagen. Als ich an dem frühen Abend mit Zahnspangengefühl im Mund wieder in die Schwebebahn steige, sitzen an der Haltstelle müde Menschen, als seien sie dort gewachsen.

PS:
Lieber Tanz,
wir haben uns in den Sechzigern in einer verrauchten Gastwirtschaft in S. kennengelernt. In dem Hinterzimmer dort fand der Ballettunterricht statt. Keine Stangen an den Wänden! Wir – du, meine beste Freundin Martina, ich und alle anderen Mädchen – hielten uns an einer Holzleiste der Wandverkleidung fest. Unsere Straßenkleider spießten wir in einer Ecke auf, wo gestapelte Stühle ihre schmutzigen Beine in die Luft streckten. Wir drehten über die Diagonale. Martina und ich freihändig. Die anderen Mädchen klammerten sich dabei an einen Kleiderbügel, um die eigene Achse nicht zu verlieren. Und Kopf-Kopf-Kopf-Kopf befahl die ungarische Ballettlehrerin Frau Nagy gegen das verstimmte

Klavier an. Kopf muss immer schneller als Körper, Mädchen, immer schneller mit Kopf als mit Körper sein, und das sich merken, Zack-Zack-Zack, für den Rest des Lebens. Beim ersten Mal traf ich dich in Turnschuhen, lieber Tanz, in der zweiten Stunde kam ich auf Socken. Dann schenkte mir Martina ein paar gebrauchte Schläppchen. Die ersten Spitzenschuhe kaufte Liz 2 ½ Nummern zu groß. Sie passten ihr, aber mir nie richtig. Waren wir arm? Nicht wirklich, oder? Unsere Beziehung, lieber Tanz, hatte anfangs wenig mit Liebe zu tun, sondern eher mit Abenteuer. Wegen dir durfte ich dienstags und freitags nach Einbruch der Dunkelheit noch einmal raus und in den Hochbegabtenunterricht der Frau Nagy. Der Junge hinter dem Tresen der verrauchten Gastwirtschaft sah gut aus und war nur zehn Jahre älter als ich. Auch sein Name fing mit *T* an. So ist dann alles gekommen. Ich bin von Thomas nicht schwanger geworden und ohne ihn an einem Sonntag im Herbst 77 an seiner Gaststätte vorbeigegangen. Es roch nach kaltem Rauch und verschüttetem Bier bis auf die Straße hinaus. Mit einem Rucksack und drei Plastiktüten bin ich zum Bahnhof von S. gegangen, wo die schnellen Züge durchfahren. Bis heute. Ich bin an dem Sonntag aus einem alten Leben hinaus und bald nach Westberlin verschwunden. Im Schatten der Mauer habe ich mit dir, lieber Tanz, aber auch mit der Erinnerung an Martina Judith, Judith Martina und ein verrauchtes Hinterzimmer, das mich gewisse Dinge des Lebens Zack-Zack-Zack lehrte, mein Tanztheater gegründet, um mit Ratte im Haar über Diagonalen zu drehen, überall, wo man uns ließ.

Und dann?

Dann verging Zeit. Ich habe mehr und mehr angefangen zu schreiben, aus den gleichen Gründen, aus denen ich einmal was mit dir, lieber Tanz, angefangen habe. Weil ich neugierig bin, Geld verdienen muss und weil ich sterben muss …

Kantine vier

Lebst du eigentlich allein, hat Eva K. soeben gefragt.
Wieso?
Ich jedenfalls bin zur Jahrtausendwende in Frührente gegangen und gleich darauf mit meiner großen Liebe zusammengezogen.
Ach?
Sie heißt Maria, und holst du uns jetzt bitte eine Limonade, sagt Eva K. Du bist eingeladen, sage ich, als ich zurückkomme, die Flasche Kirsch neben sie auf den Boden stelle und ihr einen Strohhalm reiche. Meine Flasche Holunder setze ich auf dem freien Tisch gleich neben uns ab.
Ich bin eingeladen, da übernimm dich aber mal nicht …
Das hat sie vor ein paar Minuten bereits gesagt. Ist sie vergesslich, faul, alt oder einfach nur dreist und stur geworden? Selbst zum Trinken will sie nicht an den Tisch.
Ich hocke mich wieder zu ihr. Sie schält den Strohhalm aus dem

Papier, zerknüllt es und schnippt es in meine Richtung wie eine Zigarettenkippe.
Was ist, fragt Eva K., so weit weg?
Ich rutsche näher, und sie sagt: Als ihr damals in die düstere Parterrewohnung unter uns gezogen seid, dein Fuchsvater, deine schöne schwangere Mutter und die alte Frau mit den roten Haaren, da habe ich mich gefreut. Ich habe die Möbel vom Fenster meines Erkerzimmers aus gesehen. Das Eheschlafzimmer aus schwarzem Schleiflack glänzte, die Cocktailsessel waren anthrazit bezogen und hatten ein feines Feuerwerkstrichmuster.
Welche alte Frau mit roten Haaren meinst du eigentlich, frage ich.
Die Mutter deines Vaters, die hatte rote Haare, sagt Eva K. Hat man aber kaum gemerkt. Es waren so wenige.

Elisabeth

Der Weg zum Gymnasium am anderen Ende von S. dauerte eine knappe halbe Stunde. Bei Regen und im Winter kam ich regelmäßig mit nassen Füßen in den Unterricht – bis mir eines Tages Eva K. ihre alten Seehundstiefel vererbte. Erst waren sie mir zu groß. Dann passten sie einen Winter lang, bis ich sie im nächsten an Elisabeth weitergab.

Elisabeth hatte zwei schöne Beine und fünf Freundinnen. Lina, Berta, Änne, Ornella und Prokura. Warum die jüngste mit Nachnamen gerufen wurde, habe ich mich nie gefragt, weil der Rhythmus stimmte. Eine Aufzählung von Namen wie ein Gedicht: Lina, Berta, Änne, Ornella und Prokura. Spät im Leben hatte meine Großmutter ihre Freundinnen am Fließband kennengelernt, wo

sie Schulter an Schulter in ihren Nylonkitteln die Ränder von Babywannen aus Plastik mit einem scharfen Messer glätteten, ohne zu ahnen, dass man davon Krebs bekommt. Früh schon wurden ihre Haare dünn. Fabrikhaare eben.
Samstagnachmittags tranken Lina, Berta, Änne, Ornella und Prokura den selbst gemachten Obstschnaps meiner Großmutter Elisabeth, redeten laut durcheinander und fuchtelten nach dem zweiten Glas mit den Händen durch die Luft, um nach dem dritten zu behaupten, ich sähe aus wie Prinzessin Caroline von Monaco. Konnte nicht sein, wusste ich. Denn ich stammte aus einer eigenen Dynastie. Dienstmädchendynastie, sagte Elisabeth, die wie die andere Großmutter Johanna früh ihre Schule im Dorf hatte verlassen müssen, um arbeiten zu gehen. Beide hatten so, in einem Haushalt angestellt, das Leben Fremder abbekommen, bevor sie ein eigenes finden konnten.

Mit ihren schönen Beinen kam Elisabeth 1909 auf die Welt, in dem ostwestfälischen Dorf W., in dem ihre Vorfahren sich mit Erlaubnis des örtlichen Barons niederlassen durften. Sie waren staatenlos. Nachdem Elisabeth längst schon in S. lebte, Witwe geworden und in Rente war, lebte sie bis zu ihrem Tod 1978 wieder im Dienstmädchenstock, zwei Treppen über unserer Parterrewohnung. Die Etage teilte sie sich mit zwei Familien. Beide hatten zwei Kinder. Neun Leute benutzten gemeinsam ein Klo und den einzigen Kaltwasserhahn hinter dem Toilettentopf, in dessen Rissen ein unappetitliches Braun festsaß, egal, wie viel man schrubbte. Meine Nächte bei Elisabeth verbrachte ich in ihrem einzigen Zimmer auf einem riesigen ausgeklappten Sofa mit grünem Bezug, der durch das Betttuch hindurch kratzte. Am Fußende stand der Fernseher und im rechten Winkel dazu ihr Klappbett. Erzähl mir von früher, habe ich in diesem Zimmer oft gesagt, wenn es gerade dunkel wurde und wir gemeinsam geschnittenes Graubrot und

Schmelzkäse-Ecken aßen. So sind die Eisblumen des Dorfes W. und die winterharten Strickröcke aus Elisabeths Kindheit ein Teil meiner eigenen geworden. In den großen Ferien blieb ich bis zum späten Vormittag in meiner Gruft aus bestickten Sofakissen liegen, um mir in der Enge des Zimmers das Leben groß vorzustellen.

Ich habe Elisabeth geliebt. Aber da war ich nicht die Einzige.

In den Zwanzigerjahren trat Elisabeth ihre dritte Stelle als Dienstmädchen in S. an, 150 km, also eine halbe Tagesreise, von ihrem ostwestfälischen Dorf W. entfernt. Joseph, der älteste Sohn ihres Arbeitgebers, war Stuckateur und gut aussehend wie später einmal Marlon Brando. Er schlief wie seine Brüder auf dem Stockwerk, wo auch das Dienstmädchen Elisabeth ein Zimmer hatte. So wurde er der Vater meines Vaters. Ein guter Mann, sagte Elisabeth immer, er schlägt nicht, und er trinkt nicht.
Verschlossen und wie um sein Herz gekrümmt, kam der schöne Joseph 45 mit einem Hund an der Leine aus Brest zurück zu Frau und Sohn, der gerade dreizehn geworden war. Der Hund hieß Fi-Fi mit Betonung auf der zweiten Silbe, weil er ein französischer Hund war. Täglich spannte der schöne Joseph ein schmales Netz über den Küchentisch, um mit dem Sohn Leo und dessen Freunden Tischtennis zu spielen. Wie ein Artist drehte er den Schläger in der rechten Hand und rauchte mit links. Anfangs ließ er den Sohn gewinnen. Das änderte sich, als er krank wurde. Brust und Kehle wurden eng und der Ehering zu weit. Immer häufiger saß der schöne Joseph ohne Schläger beim Küchentisch, nahm ein Brokatkissen oder den Hund FiFi auf seinen Schoß und schaute den anderen beim Spielen zu. An seinem Todestag sah Joseph den Herrn Jesus Christus in der Deckenlampe über dem Ehebett rudern, sah ihn winken und winkte zurück. Dann starb er. FiFi zer-

biss in seinem Hundekummer eins der Brokatkissen. Ein Jahr verging, FiFi alterte um sieben, sah räudig aus und fing an zu stinken, vor allem aus dem Maul. Wenige Tage vor seinem Tod fiel ein Foto aus der Gesäßtasche einer alten Drillichhose, die einmal dem schönen Joseph gehört hatte. Jetzt stand FiFis Beziehung zu einer Frau in Brest fest. Auf dem Foto saß er in ihrer Armbeuge, und sie trug eine weiße Bluse. Den freien Arm legte sie um die Schultern des schönen Joseph. FiFi war als Agent einer verbotenen Liebe enttarnt und starb, vollständig erblindet, wenig später, im März 1952, als eine erste Wärme das dünne, kalte Tuch Schnee auch unten im Hof wegzog. Elisabeth und Leo begruben ihn bei den Mülltonnen. Zur Beisetzung im strömenden Sonnenschein trug Elisabeth eine weiße Bluse und stellte einen Topf Primeln auf die festgetretene Erde. Warum das, fragte der Sohn, und sie sagte: Was kann denn der Hund dafür?

Noch mal: Ich habe Elisabeth geliebt, aber war nicht die Einzige.

In der Stadt gab es zwei oder drei Frauen, die vor Elisabeth ausspuckten, wenn sie sie auf der Straße trafen. Warum, fragte ich. Und sie darauf: Dafür bist du noch zu klein, das erzähle ich dir später, denn das hat was mit Liebe zu tun. Was Liebe mit Spucke zu tun haben könnte, habe ich lange nicht verstanden.
Als Elisabeths Mann Joseph starb, war sie einundvierzig. Wenige Wochen später fing es an, dass immer samstags ein Motorrad mit Beiwagen vorfuhr, der Sohn aus der Wohnung geschickt wurde. Eine Weile strich Leo unten auf der Straße um die Maschine herum, zählte das Geld nach, das der Motorradmann aus Dortmund ihm zugesteckt hatte, und ging ins Kino. Der Motorradmann war mit Elisabeths älterer Schwester Maria verheiratet und eines Tages um 1930 herum mit zwei sehr kleinen Kindern und drei Plu-

meaus im Beiwagen aus Polen nach Dortmund gekommen, um bei Hoesch im Stahlwerk zu arbeiten. Ein paar Monate später heiratete Otto Abraham die Maria. Sie hatten sich über ein katholisches Anzeigenblättchen kennengelernt. Er brauchte eine Mutter für seine zwei Motorradkinder und bekam mit Maria noch zwei weitere. Auf Arbeit trug er anfangs seinen schwarzen Anzug. Er hatte nichts anderes, als er aus Polen kam. Beim Einwohnermeldeamt gab er als Geburtsort Paralovka oder Paralivka oder irgendwas mit -pivka an. Er konnte nicht lesen, und die Frau auf dem Amt konnte den Ort in der Ukraine nicht schreiben. Sie verschmierte die Tinte. War das vielleicht Pawliwka gewesen, ein Dorf im Rajon Blysnji oder im Rajon Bohoduchiw oder im Rajon Kupjansk, oder eine Siedlungsgemeinde in Werchnij Rohatschyk? Oder hat das Dorf direkt bei Kiew gelegen, im Rajon Bila Zerkwa? Oder vielleicht bei Lwiw im Rajon Sambir? Oder doch eher bei Saporischschja im Rajon Polohy.
Und ich, habe ich deswegen in der Schule zwei Jahre lang neben einem dunkelhaarigen, bleichen Jungen namens Harald Pawlik gesessen, der von mir abschrieb? Alle Geschichten gehören irgendwie zusammen. Der Satz ist nicht neu, aber stimmt noch immer.

Als Elisabeth über sechzig war, stand eines Tages ihr erster Freund vor der Tür. Sie waren in dem ostwestfälischen Dorf W. Hand in Hand die Dorfstraße entlanggelaufen, bis sie allein nach S. ging und er, daheim geblieben, eine andere heiratete. Als er ein halbes Jahrhundert später mit Rosen zu ihr kam, hatten ihre dünnen Haare noch immer die Farbe von brennenden Gartenabfällen, bei der sie mit einem Mittel aus der Tube nachhalf. Er war gerade Witwer geworden und fragte: Willst du mich heiraten, Elisabeth, wir sind nun beide wieder frei. Sie sagte: Ich habe doch nicht all die Zeit allein gelebt, um jetzt noch einen alten, stinkenden Mann in

mein Bett zu lassen. Sie ließ ihn gehen, ohne ihn hereingebeten zu haben, und stand danach eine Weile vor dem Spiegel herum. Ich stand hinter ihr und schüttelte den Kopf.
Sag nichts, sagte sie.
Ihr Jugendfreund fuhr nach Köln und schrieb am Tag drauf noch eine Postkarte, die in ihrem Briefkasten landen sollte, als er schon tot war.
Ich liebe dich, dein Wilhelm. Wilhelm konnte nicht schwimmen und ging in den Rhein.

Am Ende ihres Lebens verstummte meine Großmutter Elisabeth. Wenn sie einmal sprach, schimpfte oder klagte sie. In meiner letzten Erinnerung sitzt sie im Park, schräg gegenüber dem rosa Altbau, in dem sie und ich und meine Eltern und auch das Fräulein Eva K. schon lange leben. Die Stadtverwaltung hat dort historische Grabmale von alten Familien aus S. aufgestellt. Ich habe Elisabeth in dem Park zu einer Bank geführt. Sie baumelt mit den Beinen, nicht weil sie fröhlich, sondern weil die Sitzfläche zu hoch für sie ist. Ich muss, oder ich will, eilig weg. Ach?! Sie schließt die Augen. Ich sehe die Sonne auf ihrem Gesicht und darin das harte Leben, das sie geführt hat. Ich sehe, wie in S. zwei oder drei Frauen bis zum Schluss ausspucken, wenn sie ihr auf der Straße begegnen. Warum frage ich, und sie antwortet darauf, das hat mit Liebe zu tun und das erzähl ich dir später, wenn du groß bist. Jetzt bin ich groß, und sie ist alt, und – ach – ich sehe in ihrem Gesicht mit den geschlossenen Augen, dass die Sache mit der Liebe lange her, aber nie vorbei ist. Und weil die Sonne an jenem Tag so scheint auf die Grabmale ohne Gräber und auf ihr Gesicht, sehe ich auch Elisabeths letzte Kraft und ihre plötzliche Gleichgültigkeit mir gegenüber. Selbst das ist mir lästig. Kein Trost, keine Berührung, kein Abschied, keine traurige Erleichterung – ich gehe und drehe mich nicht um. Wir haben beide im gleichen Moment die Fähigkeit verloren, einander zu lieben? Am Tag drauf fuhr ich mit meiner Freundin Bee nach Griechenland. Noch in der Woche starb Elisabeth.

Schickst du mir eine Nachricht aus dem Jenseits, wenn du tot und drüben angekommen bist, Elisabeth?, hatte ich zehn Jahre vor ihrem Tod gefragt. Versprochen!, hatte sie gesagt. Mach ich.
Hallo?
Ich habe neulich im All nachgefragt und keine Antwort bekommen.

Monika, Marjam, Roman, Wortmann, Franz Josef Strauß und ich

Ich bin fünf, als ich meine Freundin Monika
beim Briefkasten an der Post
kennenlerne
und mit nach Hause nehme.
Mit ihr tobe ich durch die Küche.
Niemand außer mir kann sie sehen.
Schluss jetzt, Fräulein, sagt meine Mutter.
Pass bloß auf, Mama, ich bin nicht allein, sage ich.
Wer ist denn noch da?
Ein zweites Fräulein!
Heißt?
Monika, sage ich.

Marjam lerne ich ein Jahr nach Monika kennen
an einem Sommertag
als ihr Sportwagen neben mir bremst – ein Sportwagen
den ihr Großvater schiebt.
Marjam ist in Teheran geboren und der Großvater
von Marjam ist
Uhrmacher und Vorsitzender der Christdemokraten in S.
Sie hatte zwei Papierfähnchen
in der Faust.
WÄHL AUCH DU CDU! Eins gibt sie mir.
Beide haben wir schwarze Haare.
Die vom alten Uhrmacher sind watteweiß.
Während die eine Seite der Straße in gleißender Sonne und
die andere
in verdunstendem Anthrazit liegt
gehen wir zu dritt zum Marktplatz von S.
WÄHL AUCH DU CDU
Auf dem Marktplatz ein Podium und auf dem Podium
steht
mein Vater und improvisiert
eine Rede über Freiheit
Demokratie und
Rote und Gelbe Gefahren.
Er redet und redet, weil der eigentliche Redner nicht kommt.
Die Ersten gehen.
Jemand stellt einen Stuhl auf die Bühne.
Noch mehr Leute gehen.
Mein Vater setzt sich hin und lächelt.
Nach einer Stunde fährt Franz Josef Strauß vor
steigt aus einer schwarzen Limousine
wirft den Stumpen einer Zigarre in die Gosse
und streicht sich durch das geölte Haar.

Marjam und ich schwenken die Fähnchen.
Strauß lacht.
Ich knickse.
Wieder lacht Strauß.
Bin ich ein guter Witz?
Er beugt sich zu mir
wieder knickse ich
und er riecht nach
Brathähnchen
zieht mich zum Podium
wo mein Vater aufsteht
dann niederkniet
mich hochhebt
zu sich
damit ich auf dem Stuhl von der örtlichen Presse
mit Franz Josef Strauß
abgelichtet werden kann.
Marjam
schwenkt das Fähnchen.
Auf dem Foto später
sehe ich wie alleinerziehend auf die Welt gekommen aus.

Ein Junge namens Roman
aus den Baracken
zwischen Sportplatz
und Müllhalde
taucht in der Volksschule St. Engelbert auf.
Er
ist schon zehn
schlecht im Kopfrechnen
noch schlechter in Religion und Heimatkunde.

Der Lehrer nimmt ihn und den Rohrstock
mehrmals die Woche
mit in die Garderobe hinter dem Klassenzimmer.
Jacken und Mäntel hängen dort getrennt nach Geschlechtern.
Die Schläge hinter der dünnen Wand
zählen wir an den Fingern mit.
Einundzwanzig
sage ich eines Mittags am Küchentisch – und was sind eigentlich Hämorrhoiden?
Du wirst mir mit jedem Jahr um drei älter
sagt mein Vater und
meine Mutter fragt: Wo hast du denn das Wort wieder her?
Der Roman hat Hämorrhoiden
deswegen
tun ihm die Schläge so weh …
Welche Schläge
fragt meine Mutter
steht auf
und lässt keine Viertelstunde später ihre Schritte
durch das leere Schulgebäude
von St. Engelbert hallen.
Sie geht rasch
so rasch
dass ich
ihr Schatten
kaum folgen kann.
Die Tür zum Büro des Schuldirektors steht offen.
Ohne anzuklopfen, geht sie hinein
fragt
was das soll
das mit dem Prügeln in der Garderobe.
Und was das soll

das mit dem Aufhängen von Jacken und Mäntel getrennt nach Geschlecht
in so einer Prügelgarderobe
frage ich mich vor der Tür.
Textilien vermehren sich durch Arbeit
nicht durch Sex.

Mittwochs putzen wir zu viert die Kirche und
gleich werden die drei
Großmutter Johanna
Cousine Ela und
der Kleine
oben
am Ende der steilen Straße beim Café Müller um die Ecke kommen.
Ich warte
unten
an der Telefonzelle.
Ende des Sommers bin ich von St. Engelbert
auf das Gymnasium
also ins amtliche Unglück gewechselt.
Von rechts
sehe ich Wortmann
den Klassengrößten kommen.
Der redet wie ein Grenzdebiler.
Der behauptet
meine Zöpfe
seien eine Perücke wie bei den Juden.
Der Anblick des Schlägers Wortmann reicht
und ich bekomme Kopfschmerzen.
Gleich wird er an meinen Haaren reißen
und wie immer nicht beweisen

dass ich Jüdin bin.
Wortmann steht vor mir und grinst.
Ich schlage
bevor er geschlagen hat.
Werde Windmühle
dann Wildsau
reiße das Bein hoch.
Fuß trifft Hals.
Ja, wozu doch Ballett gut sein kann.
Oben
beim Café Müller
kommt ein sechsbeiniges Tier um die Ecke.
Die Großmutter rennt
Cousine Ela kreischt und
der Kleine fällt.
Die abschüssige Straße hinunter wird er mitgeschleift und
mit der Stimme meiner Großmutter schreit das sechsbeinige Tier:
Mach ihn fertig, mach in fertig, kriegste fünfzig Pfennig.

Während Heinrich Clemens
Carlo Röse
genannt Knösel
Roman
Otto Nehmet
Dorota Krychowiak und Gabriele Gille
die nie lächelt
aber gern meine Schulbrote isst
und all die anderen sechsundzwanzig katholischen Kinder
mit den polnischen
ungarischen
italienischen

kroatischen und ungeklärten Nachnamen in der Hauptschule weitermachen oder zur Hilfsschule wechseln
werde ich mit Martina von St. Engelbert zum Gymnasium gehen
um mit dreiundvierzig anderen
und einem Wortmann
in der Klasse im Keller
zu sitzen
wo mal die Küche war.
Unsere Antworten hallen von weiß gekachelten Wänden zurück.

Welcher Zusammenhang besteht zwischen dem Kind
das ich war
und der
die jung war
und der
die erwachsen wurde
und alterte
um bald alt zu werden
erschrocken darüber
an dem einen Tag noch so jung gewesen und am nächsten
schon
so alt zu sein.
Welcher Zusammenhang besteht zwischen Kind 1
das ich mal war
und meinem Kind
dem Kind 2
das auf einer Mülltonne entstand
als ich noch Kind 1 war?
Und welcher Zusammenhang besteht zwischen meinem Kind
dem Kind 2
und dem weißen Rauschen

im Kopf von mir
dem Kind 1
als Kind 2 verschwand?
Und welcher Zusammenhang besteht nach dem Rauschen
zwischen Kind 1 und Kind 2 noch
wenn die Erinnerung verschwindet?

Vohwinkel

Das Dach des Selbstbedienungscafés ist aus Glas. Wenn ich den Kopf in den Nacken lege, kann ich zusehen, wie in der Wendeschleife Station Vohwinkel die Schwebebahnen quietschend und singend ein- und wieder ausfahren. Vor mir eine Tasse Milchkaffee und ein belegtes Brötchen. Ein paar Straßen weiter gab es früher eine Zeche. Sie hieß *Sonntagskind*. Heute ist Samstag. Vor dem Bäckereifenster läuft ein Mann vorüber und in sein Wochenende.

Er geht die Straße hinunter und hat vielleicht eine Katze, aber kein Auto und auch keine Frau mehr. Wer ihn nicht kennt, übersieht ihn. Immer mehr Menschen können nur noch glänzen, wenn sie fotografiert werden, hat Wilhelm G. einmal gesagt. Jetzt ist er tot. Er war ein Dichter. Kurz war er berühmt, doch wurde er auch lange übersehen. Ich habe ihn in einer Tagungsstätte kennengelernt.
Sie lag in der Eifel.

Ich beiße in ein belegtes Brötchen.

Die Tagung für dichtende Menschen fand in einer Jugendherberge für Erwachsene statt. Zum Nachtessen gab es roten Tee und Schnittchen mit Gurkengarnitur. Ein Geruch nach Kirchengemeindesaal wohnte im Kleiderschrank.
Die Eifel gehört in meine Kindheit. Nur eine Bahnschranke trennte das dunkle Dorf einiger Kindersommer von Belgien, dem noch dunkleren Land jenseits der Bahnschranke. Verwandte hatten eine Autowerkstatt in Kalterherberg. Dort wohnte auch meine kleine Tante. Vom Wohnzimmerfenster eines selbst gebauten Bungalows aus habe ich oft, oft auf die zwei Hebebühnen in der Garage und die rostigen Hinterteile von zweitürigen Autos gestarrt, während ich Sahneteilchen aß. Eine Kirsche, eine Nuss oder ein Stückchen Ananas in der Mitte der Schnitte gab Auskunft über einen Geschmack, der sich im Mund nicht einstellte. Die Gespräche waren zäh. Stand ich früher als die anderen auf, sagte immer irgendwer den gleichen Satz: Jetzt geht die schon wieder lesen. Darunter lag ein zweiter: Die hält sich doch für was Besseres!
Wollte ich darüber mit Wilhelm G. sprechen, als ich Jahrzehnte später auf einem hell erleuchteten Gang zwischen nummerierten Einzelzimmern hinter ihm herlief? Oder wollte ich ihm nur von jener Bahnschranke meiner Kindheit erzählen, hinter der Pferde

mit kaltem Blut Baumstämme an Ketten vom Waldinnern zum Waldrand zogen? Oder wollte ich jetzt, nach all den Jahren, den Eindruck mit ihm teilen, dass jenseits der Schranke der Himmel über Belgien immer vielversprechender gewesen war als diesseits der Schranke?

Wilhelm G. war ein Beobachter, sagte man.

Zwischen den Holzbohlen wuchs, was wollte. Die Strecke war eingleisig. Kein Zug kam. Es kommt schon lange kein Zug mehr, sagte die kleine Tante. Die Sonne schaute mir und ihr, die wenig jünger und viel kleiner war als ich, tief in die Augen. Wir schauten zurück. Auf dem Weg zwischen Sonne und uns lag Belgien. Die kleine Tante, die später einmal als ungelernte Arbeiterin in einer Schirmfabrik am Fließband arbeiten sollte, packte zwei Bonbons aus, eins für sich, eins für mich, und wir liefen mit Proviant im Mund über die Grenze. So dicht nebeneinander liefen wir, dass in die Lücke zwischen uns nicht einmal ein Vogel gepasst hätte. Als ich das erste Mal den Schritt über den Bahnstrang machte, war plötzlich dieses Gefühl da, scharf und heiß. Es hob mich in die Luft und ließ mich gleichzeitig fallen. Es war wie Kettenkarussell fahren ohne Kettenkarussell … – wollte ich so etwas Intimes Jahrzehnte später mit Wilhelm G. teilen?

Nur weil wir zufällig und gemeinsam in der Eifel waren?

Ob mein Erzählen ihn auf dem Gang zwischen Zimmer 23 und Zimmer 25 interessiert hätte?

Denn was taugt es zu erzählen, wenn keiner zuhört?

Und wie viel taugt ein Erzählen erst, wenn ein Erzähler zuhört?

Wilhelm G. aber lief, ohne sich zu mir umzudrehen, weiter und verschwand in Zimmer 25 wie eine Faust, wenn die Hand sich öffnet.

Ich blieb vor der Tür von Zimmer 23 stehen und war sicher, hinter meiner Tür regnete es.

Am Morgen sah ich Wilhelm G., wie er schräg hinter einem dichtenden Kollegen stand, der vor einer kahlen Wand Fotos machte von einer der drei weißen Küchenfrauen mit Haarnetz. Sie lehnte neben der Essensdurchreiche. Ihr Gesicht war ein blanker Apfel, und sie roch nach Schweiß, als sie anmutig die Arme hob, um sich um die eigene Achse zu drehen. Sie kicherte jedes Mal, wenn sie den Auslöser des Fotoapparats hörte. Neulich, am Valentinstag, sei sie in einem geilen Gottesdienst für Verliebte gewesen, sagte sie und schaute dabei zu mir. Wilhelm G. folgte ihrem Blick, sah, dass ich ihn ansah, und verschwand.

Das letzte Mal traf ich ihn in einem Zug zu der Zeit, als es noch den Interregio gab. Auf der Suche nach einem freien Platz sah ich Wilhelm G. allein in einem Abteil sitzen. Auf dem Gang davor reihten sich Einzelsitze. Bitte geh woandershin, sagte sein Blick, als er meinen traf. Ich entschied mich für den Einzelsitz vor seinem Abteil.
Er zog das Jackett aus.
Sein Hemd war weiß.
Er öffnete den obersten Kopf und vergaß mich.
Beim nächsten Halt stieg ein Paar im Rentenalter mit zwei großen Koffern zu und freute sich, dass bei Wilhelm G. so viel frei war. Der Mann verstaute die Koffer. Einen in der Ablage über Wilhelm G.s Kopf, einen gegenüber. Der Zug fuhr an. Die Frau verlor kurz das Gleichgewicht. Ihre Hand landete auf einer Kopfstütze neben Wilhelm G.s Gesicht – kein Gesicht, eine Maske. Sie gackerte und setzte sich ihm gegenüber ans Fenster, zog die Schuhe aus und schob ihre Füße in Nylons auf den Platz neben ihm. Ihr Mann schloss die gläserne Abteiltür, setzte sich neben Wilhelm G. und nahm die Füße der Frau auf den Schoß. Als ich das nächste Mal zu den dreien schaute, zogen auf dem Hemd, das über Wilhelm G.s Bauch spannte, erste braune Spuren ihre Bahnen.

Er hielt still. Er ließ es weiter aus dem Koffer über seinem Kopf tropfen.
Ich glaub, ich träume, sagte sein Gesicht. Es dauerte, bis die Frau ihre Füße vom Schoß des Mannes riss. Der Kaffee, der Kaffee, schrie sie, während sie aufsprang, um auf ihren Nylons zur Toilette zu rutschen. Mit einem Packen Papierhandtücher kam sie zurück und begann, Wilhelm G. abzutupfen. Immer noch saß er still da, wie ein verängstigtes Gestein aus jenem Zeitalter der Erdgeschichte, zu dem es keine gesicherten Aufzeichnungen gibt. Ein Gestein namens *Genazino.* Dann hob er sehr langsam einen Zeigefinger. Am Ende der Bewegung drehte er den Kopf in meine Richtung. Sein Blick sah mich nicht wirklich, aber bestellte Hilfe.
Draußen fuhr Landschaft vorbei.

Als ich im Jahr 1986 mit vier Kollegen von Wilhelm G. in einem Auto an abgeernteten Feldern entlangbrettere, sind wir alle übermütig und flirten. Trotzdem, ein Eindruck bleibt für später: Ich bin mit lauter flugunfähigen Vögeln in einem Käfig gefangen.
Mit lauter Dichtern.
Lothar Baier ist am Steuer. Daneben sitzt Hermann Burger. Ich, Rücksitz Mitte, bin die einzige Frau, habe ein Buch, aber noch keinen Roman geschrieben. Otto Marchi, rechts, und Clemens Eich, links von mir, reden über Theater und dann doch lieber über zerstochene Autoreifen. Wir fahren auf Einladung des Verlags für ein Wochenende zum Kloster Eberbach. *Der Name der Rose* ist soeben dort verfilmt worden. Über den Rapsfeldern sieht die Sonne wie verwest aus. Auf einer Weide steht ein Pferd. Es grast. Gleich wird es laufen, aber das werde ich nicht mehr sehen.
Einer sagt: Nur zu eurer Beruhigung, ich schreibe nicht jeden Tag.
Ein anderer meint: Ich schreibe kaum noch.
Und Clemens darauf: Manchmal, wenn ich mich durchgestrichen habe, bleibt ein Gedicht übrig.

Das Licht draußen wird zum Restlicht. Als wir ankommen, ist es dunkel.
1989 stirbt Hermann Burger an einer Medikamentenüberdosis im Pförtnerhaus von Schloss Brunegg. 2004 erhängt sich Lothar Baier in seiner Wohnung in Montreal. Im gleichen Jahr arbeitet Otto Marchi an einem neuen Roman in Thailand, als seine Freundin aus dem Fenster zeigt: Da kommt etwas ganz großes Schwarzes auf uns zu!!! Seine Leiche ist unter den Opfern des Tsunamis nie gefunden worden. Clemens Eich stirbt im Februar 1998 in Wien. Er fällt rückwärts die Stufen der Metrostation Kettengasse hinunter, schlägt mit dem Hinterkopf gegen Steinstufen und wacht nicht mehr auf. Ich bin in Rom. Ich habe soeben meine Mutter beerdigt. Die Mimosen in der Ewigen Stadt blühen prächtig, vor allem die in den Blumenläden. Am Morgen nach seinem Sturz wache ich mit einem langen Kratzer auf dem Rücken auf. Jemand hat sich festhalten wollen – bei mir?

Kein Zustand ist der letzte, kein Ding ist unumstößlich.
Mein Leben geht weiter.
Das Brötchen ist gegessen.

Es ist noch immer Samstagmittag an der Endhaltestelle Wuppertal-Vohwinkel. Gegen 14.00 Uhr kommt ein kalter Wind auf.
Ob alle Toten eines Tages durch einen Zeitkorridor zurückkehren?
Ich stelle die leere Tasse auf den leeren Teller:
Ach, Glück?
Glück ist
wenn ich neue Erde in einem alten Garten verteile und
nur die Sonne schaut mir dabei zu
oder
wenn ich *Perfect Day* von Lou Reed höre und
es ein Rätsel bleibt
warum ich dieses Lied noch einmal hören will
an einem Tag
der alles andere als ein geglückter ist?
Ich schaue nach draußen, zur Straße, die durch den Samstag führt. Da ist der Bus. Er schiebt sich am Fenster der Bäckerei vorbei. *Fahrt endet hier* zeigt er auf seiner Stirn an. Er hält, und fünf tote Dichter steigen aus. Wilhelm G. als letzter. Dann nehmen sie die Treppe zur Schwebebahn und kommen auf dem Bahnsteig nicht an. Die Bahn fährt im Fünf-Minuten-Takt quietschend und singend ein und aus, sehe ich durch das Glasdach über meinem Tisch.
Wozu doch Erzählen alles taugt …

Im dünnen grauen Mantel

Eine Frau in einem dünnen grauen Mantel traumwandelt eines Nachts an mein Bett und stellt mir eine Flasche Borjomi hin, Mineralwasser, das schon Breschnew gegen seinen Wodkakater trank. Ich kenne sie aus einem Text von Clemens Eich. Auch bei ihm wandelt sie durch Räume und Träume. Die Frau würde gern etwas sagen, das sehe ich ihr an. Sie zieht die Bettdecke zurecht, faltet einen Pullover, hebt meine Strümpfe auf. Endlich sagt sie, so viel Schnee und so viel Licht im Dunkeln. Und jetzt du, sagt sie, jetzt erzähl du. Solange du erzählst, werden wir nicht gestorben sein.
Wir?
Ich, du und er vielleicht, sagt sie …
Wer ist er?
Sie trinkt einen Schluck, und ich sage: Hör zu. Im Jahr 68 wechselte meine Mutter, nur mit einem dünnen grauen Mantel bekleidet wie du, die Zündkerzen unseres Citroën DS. In der düsteren Garage sang sie dabei, um keine Angst zu haben, und beugte sich zärtlich über den Motor, während fünfzig Kilometer entfernt mein Vater charmant und schwebend wie sein Citroën DS meine Mutter betrog.

Ich hatte einmal Freundinnen, sage ich zur Frau in dem dünnen grauen Mantel, die hießen Monika, Marjam, Martina, Bee, und später kamen Mouna und Lamia hinzu. Die beiden waren Schwestern und gingen im Jahr 1973 auf eine unsichtbare Art verschleiert durch die Fußgängerzone von S. Ihr Vater aus Syrien arbeitete als Chefarzt am katholischen Krankenhaus und drohte ihnen: Sehe ich euch mit einem Jungen von hier, erschieße ich den mit der Schrotflinte.

Ich sage: *Das große Nimmermehr* war der Roman einer Jüdin und Kommunistin aus Moskau, und ich war dreizehn, als ich ihn für eine Mark aus dem Ramsch freikaufte, wegen seines Titels und seines himmelblauen Leineneinbands. Gelesen habe ich ihn, weil ich nichts von dem, was da stand, verstand.
Tanzt du eigentlich noch, fragt mich da die Frau im dünnen grauen Mantel.

Ich bin froh, sage ich Nächte später zu ihr, nicht in einem Reihenendhäuschen aufgewachsen zu sein. Geld war in meiner Familie kein Thema, weil wir nicht viel hatten, doch auch nicht so wenig, dass ich mich außerhalb meiner gewohnten Umgebung verlassen gefühlt hätte. Die Frau im dünnen grauen Mantel nickt. Sie weiß, wovon ich spreche. Sie hätte sich auch mit meiner Mutter verstanden. Im Sommer, als ich siebzehn war, sage ich, trug ich schwere Winterstiefel und Männerhemden als Minikleid. Dem Strom der Zeit hatte ich wenig entgegenzusetzen, wie alle, die sich in einer großen Welt zurechtfinden müssen und aus kleinen Verhältnissen stammen. So wurde ich schwanger.
Auf einer Mülltonne.
Die Frau in dem dünnen grauen Mantel trinkt einen Schluck *Borjomi* und schweigt.

Dann war ich plötzlich Ende dreißig, sage ich tausend Nächte später zur Frau in diesem dünnen grauen Mantel. In dieser 1001. Nacht erzählte ich ihr, wie ich von einer ehemaligen Tänzerinnen-Kollegin einen Termin bei einem chinesischen Akupunkteur im Ballettsaal der Staatsoper bekam.
Mir ging es nicht gut, und zwei Tage zuvor war mir auch noch der Rucksack geklaut worden, mit einer Menge Geld, mit dem Honorar von drei Lesungen in bar darin. Der Chinese sprach nur Chinesisch. Seine Übersetzerin gab die Anweisungen: Bitte bleiben Sie

ruhig stehen! Bitte heben Sie die Arme! Bitte halten Sie die Luft an! Mit seiner linken Hand fuhr der Chinese wenige Zentimeter vor mir eine unsichtbare Jalousie herunter. Aura-Bestimmung, sagte die Übersetzerin, Sie sind kurzsichtig.
Stimmt.
Sie haben leichtes Asthma.
Stimmt.
Als die Hand des Chinesen auf der Höhe meines Herzens war, übersetzte sie, dass ich Geschwister habe.
Ich bin Einzelkind.
Als der Chinese die Aura-Jalousie vor meinem Unterleib herunterzog, sagte die Übersetzerin, dass ich ebenfalls Kinder habe.
Nein!
Vier.
Nein.
Der Chinese lächelte. Gedanken konnte er lesen, auch wenn sie auf Deutsch waren. Die Geborenen und die Ungeborenen sind bei dieser Untersuchung nicht voneinander zu trennen, erläuterte die Übersetzerin sein Lächeln.
Auch Abtreibungen?
Chinese und Übersetzerin lächelten.
Ich setzte mich auf die schmale Arztpritsche hinter mir und dachte darüber nach, wie eigentlich diese Jazzpianistin aus Leipzig geheißen hatte? Hatte die nicht sogar mit Miles Davis gespielt, eine eigene Band gegründet und einen Sohn – ein *brown baby* – von einem afroamerikanischen GI bekommen?
Bitte legen Sie sich hin, sagte die Übersetzerin.
Ich zog meine Schuhe aus und grübelte weiter. Das Kind von dieser Jazzpianistin, war das nicht auch in einem Waisenhaus untergebracht und später auch adoptiert worden?
Ich ließ mich auf die Pritsche fallen.
Wo kam dieses *auch* her?

Die Pritsche war schmal, aber fühlte sich breit und weich wie eine Couch an, auf der man Dinge erzählt, die man noch nie erzählt hat – wie auch die Sache auf der Mülltonne …
Der Chinese setzte die erste Nadel. Ich fing an zu weinen. Tags drauf rief die Polizei bei mir an. Wir haben ihn gefunden, Sie können ihn bei uns abholen, sagte die Stimme eines Mannes am anderen Ende der Leitung.
Sie haben ihn gefunden? Wo?
Auf einer Mülltonne.
Ach.
Nur das Wichtigste ist verschwunden.
Das Wichtigste, was sollte das sein, Herr Polizist?, hörte ich mich sagen.
Ihr Bargeld, sagte die Stimme am anderen Ende der Leitung, Geld also haben wir in Ihrem Rucksack keins mehr gefunden. Nur Schlüssel, Ausweise und einen Roman. *Die Verdächtige* ist der Titel, und darunter steht Ihr Name.

Die Frau im dünnen grauen Mantel hört mir mit der Flasche Mineralwasser in der Hand noch immer zu. Ich weiß auch, wo der Grund für all das liegt, sagt sie.
Bitte wo?
Da drüben, sagt sie, da liegt der Grund.

Kantine fünf

Ich wäre gern Architektin geworden, sage ich zu Eva K. Wenn ich noch einmal anfangen könnte, würde ich durch die Welt reisen, bis ich eines Tages wieder zurückkomme und nicht nur andere

Wörter mitbringe, sondern auch einen anderen Blick auf die Welt. Mit diesem Blick würde ich von Bauprojekt zu Bauprojekt gehen und an jedem Ort sowohl im Plan als auch im fertigen Objekt 13,2 m^2 verschwinden lassen. Die Leerstelle ist es, die das Gebäude sichert, indem sie es in einen konstanten Fluss von Wänden und Winkeln verwandelt, in dem es auch Platz für die Toten gibt …

… die ja immer einen Ort zum Überwintern suchen, fügt Eva K. hinzu. Ist das von ihr oder von mir?

Über der verschneiten Kantinenterrasse draußen ist es früh Februardunkel geworden. Außenstrahler flackern auf. Ich schaue Eva K. an, sie ist so anders als andere, ohne deswegen groß aufzufallen. Selbst dass sie hier auf dem Boden herumliegt, hat bislang keiner bemerkt. Ich schaue wieder zur Terrasse. Ob sich das Licht der Strahler festtreten ließe, da draußen im Schnee?

Weißt du eigentlich, wie das mit dem Schreiben kam, Eva?

Wahrscheinlich, weil du es nicht geschafft hast, Architektin zu werden, oder?

Kurz ärgere ich mich. Dann aber sage ich: Schuld ist meine faule Mutter. Es war einmal eines Tages, dass ich krank auf dem Wohnzimmersofa lag und meine Mutter die Musiktruhe öffnete, um zehn Scheiben auf den Plattenwechsler zu häufen. Zehn Märchen schichtete sie übereinander und ging. Zwischen meinen Wolldecken ließ ich eine A-Seite nach der nächsten über mich ergehen. Alle Geschichten waren nur halb erzählt, als Liz zurückkam. Sie drehte den Plattenstapel um und überließ mich den zehn B-Seiten. Ich hatte 40 Grad Fieber. So verwandelte sich der Wolf aus Rotkäppchen in eine Wölfin, also in mich. Ich fraß nicht nur eine ganze Großmutter, sondern auch Hänsel, Gretel, Dornröschen, Schneewittchen und deren blöde blonde Prinzen gleich mit. Als Liz das nächste Mal ins Wohnzimmer kam, hat auf dem Sofa ein erzählendes Tier gelegen, das zwischen A und B längst die Witterung für seine eigenen C-Geschichten aufgenommen hatte.

So, sagt Eva K., zögert und wird ganz leise: Da hast du sie doch, deine 13,2 m^2 hoch C.

Mir, ihr Lächeln

Der Bahnhof Wuppertal hat sechs Gleise. Auf den ersten vier fahren die schnellen Züge. Gleis 5 und 6 sind für die S-Bahnen, die auch in S. halten. Ich komme an diesem Mittag Ende Januar aus Rom. Als mein Vater und ich die Stufen zu den Bahnsteigen 5 und 6 Richtung Provinz hinaufgehen, wünsche ich mir einen Hund, der seinen Kopf auf meine Füße legt und zu mir hochschaut – die Augen ins Leere, zum Licht. Als wir oben ankommen, sind da Tauben, aber kein Hund. Es ist das Jahr 1998.
Übrigens, hast du auch schwarze Sachen dabei, deine Mutter ist heute Morgen gestorben, sagt mein Vater, ich war zufällig bei ihr. Ich denke an Rom, wo die Mimosen noch nicht so richtig blühen wollen, aber bald.
Hast du ihre Hand gehalten?
Nein, sagt mein Vater, ich habe ihr einen Witz erzählt.
Welchen?
Den von der Schnecke.

Liz war siebenundfünfzig, als ihr Sterben begann. Auf der Papierbespannung eines Biertischs hatte sie vor Jahrzehnten einmal versucht, ein Pferd zu zeichnen. Ein Etwas mit vier kurzen Beinen kam dabei heraus.

Ein Dackel? Für mich? Danke, sagte ich damals, während sie den Bleistift hinter das Ohr schob, wie sie es früher als Verkäuferin gemacht hatte. Sie hätte Tänzerin werden können, aber sicher nicht Malerin. Der Tod jedoch kann ein guter Maskenbildner sein. Vier Wochen nach der Diagnose hatte Liz bereits ihr vorletztes Gesicht. Wie geschminkt sah sie aus und hatte Bauchspeicheldrüsenkrebs.

Zwischen Weihnachten und Neujahr 1997 hatten wir den Hausarzt in unsere Küche bestellt. Er war jung, und ich kannte ihn noch nicht. Die erste Chemo wenige Tage zuvor war Liz nicht bekommen. Sie wollte abbrechen. Was bringt es, wenn man die Behandlung fortsetzt, fragte ich den Arzt. Mein Vater sagte nichts. Er räusperte sich nur. Der Arzt fuhr mit dem Zeigefinger das Deckenmuster auf unserem Küchentisch ab. Eine Denkbewegung? Ein Ausweichmanöver? Dann hielt er inne.

Niemand soll ohne Hoffnung sterben, sagte er.

Und jetzt, Mama?

Sie schlug mir auf den Arm. Sterben lassen, sagte sie sehr laut.

Kaum dass er unsere Etagentür hinter dem jungen Arzt geschlossen hatte, griff mein Vater ebenfalls nach meinem Arm.

Mörder!

Wer, der Arzt?

Nein, du!

Er zog die Oberlippe hoch. Sie blieb einige Sekunden an seinen Schneidezähnen haften. Wie ein trauriges Tier mit Scharte sah er aus oder wie ein Funkenmariechen, das beim Tanzen zu lange starr gelächelt hat. Später, als ich ihr Gute Nacht sagte, lag sie in weißen flauschigen Socken im Bett. Hasenpfoten, so stellte sie mir die zwei vor. Ich legte mich zu ihr. War das schon ihr Sterbebett? Sie sah zur Decke.

Der Mann von nebenan übrigens, sagte sie, der hat beide Beine nicht mehr.

Und jetzt?
Also jetzt geht seine Frau eben ohne ihn spazieren, sagte Liz.

Am Tag vor Silvester fuhr ich zurück nach Rom. Noch blühten die Mimosen nicht. Im Rahmen des Seitenfensters eines orangen Audi 100 sah ich zum letzten Mal ihr Gesicht. Sie weinte – sie hatte bisher bei keinem Abschied und an keinem Bahnhof geweint. Ich stand unter der großen Uhr der Vorhalle. Das Zifferblatt über meinem Kopf konnte ich nicht sehen, jedoch das Finanzamt schräg gegenüber. Ich schaute dem orangen Audi 100 hinterher, der meine Mutter zurück ins Krankenhaus brachte, das sie nicht mehr verlassen würde.
Was von ihr bleibt?
Die Ähnlichkeit ihrer Augen mit grünen Glasscherben auf einer Mauer.
Die Ähnlichkeit mit einer traurigen Schaufensterpuppe, wenn wir nach ihrem Mittagsschlaf zu zweit am Küchentisch sitzen, ich die letzten Schulaufgaben mache und sie aus dem Fenster in den Hof starrt, wo mal der Apfelbaum stand.
Die Ähnlichkeit mit ihren fünf Tanten Bertha, Bina, Mia, Maria und Frieda in der Eifel, alle Schwestern ihrer Mutter, alle in Schwarz, alle nebeneinander auf dem Sofa. Sie lassen die Beine baumeln, nicht weil sie so gelassen, sondern weil sie so klein sind. Auch sie starren – ins Nichts.

Ich mache den Suchscheinwerfer an, Liz, Haare blauschwarz, Augen grün, Schuhgröße 36, Hutumfang 48, Taille 59 und zum Zeitpunkt ihres Todes 98 Pfund schwer wie an ihrem Hochzeitstag. In der vierten Klasse soll sie einen Aufsatz über Marmelade schreiben. Die anderen Kinder berichten vom Einkochen oder vom Naschen. Liz erzählt über mehrere Seiten die Geschichte eines Marmeladenglases, das im Abwaschbecken hin und her rollt. Es will nicht gespült werden, weil es dann kein Marmeladenglas mehr ist. Der Klassenlehrer besucht daraufhin ihre Eltern, sieht zwischen einem Stapel Kreuzworträtsel und einer winzigen Madonna aus Elfenbein die Gesamtausgabe von Joseph Conrad in einem Hängeschrank hinter Glas stehen. Ein Haushalt, in dem man liest? Der Lehrer hofft auf offene Ohren, hier am Rand von S., wo nur Leute mit wenig Geld wohnen. Liz sollte zum Gymnasium gehen, sagt er. Die Eltern lehnen ab. Aber sie hat die Noten, sagt er. Wir haben zwei Töchter, sagen die Eltern, und was wir der älteren ermöglichen, müssen wir auch für die jüngere tun. Der Lehrer schaut wieder auf die Gesamtausgabe von Joseph Conrad, dann zu Liz' Vater. Haben Sie die gelesen, fragt er und zeigt auf die Bücher im Hängeschrank. Nein, habe ich aus einer Mülltonne hinter der katholischen Bücherei gerettet, ich heiße auch Joseph Conrad, sagt Joseph Conrad, der Vater von Liz Conrad. Beide haben sie herzförmige Gesichter, die mehr zum Osten gehören als in diese Kleinstadt S., in Westfalen.

Das Arbeitsleben von Liz Conrad beginnt mit dreizehn.
Sie lernt Porzellanverkäuferin und rutscht als Lehrmädchen zwischen Kaffeetassen und Kannen in den Schaufenstern des Chefs herum. Sie trägt weiße Söckchen dabei und steckt Bleistifte, mit denen sie eben noch Bestellungen ausgefüllt oder Rechnungen geschrieben hat, hinter das Ohr. Sie hat von Anfang an etwas Starkes und etwas Erniedrigtes gehabt, so wie die meisten jungen Frauen aus ihrer Schicht. Weiterkommen, Fortkommen, Feminismus sind Fremdwörter. Sie ist darauf gefasst, dass das Unglück so selbstverständlich ist wie der Tod und keine Sprache hat.
Eines Tages steht ein Junge in ihrem Alter drüben auf der anderen Straßenseite. Er wird mein Vater werden. Von einer Backsteinmauer herunter hält er eine Rede. Eine Rede an sein Volk, wird Liz später sagen. Der Redner ist Pfadfinder. Die, die ihm zuhören, sind es auch. Der Krieg ist vorbei. Liz hockt mit ihren langen Zöp-

fen im Schaufenster hinter Glas, Leo auf der Lauer gegenüber. Zwei kleine Vögel, die kein Nest mehr haben und bald gemeinsam eins bauen werden. Ihre Blicke treffen sich. Den werde ich heiraten, beschließt sie. Doch eigentlich würde sie lieber ihr Bett heiraten.

Wie hängt eine Familie zusammen?
Aus lauter unpassenden Stoffen, die
von wem eigentlich –
zu einem Muster gezwungen werden …
Erst als Leo und Liz tot sind, habe ich angefangen, meine Eltern zu verstehen. Manchmal suche ich sie in der Art, wie Paare nebeneinander gelangweilt am Restauranttisch sitzen, wie solche Paare für den Urlaub ein Auto bepacken, das zu klein für all die Koffer ist, und wie sie, die sind, wie sie sind, in besseren Kreisen beieinanderstehen, mit einem Glas in der Hand und beides ausstrahlen: Stärke und Verlegenheit …

In Liz' drittem Lehrjahr gerät auf der engen Straße vor dem Porzellangeschäft eine Frau unter die Straßenbahn, die ihr beide Beine abfährt. Passanten bilden einen weiten Halbkreis um den halbierten Menschen – sieht sie vom Schaufenster aus. Vor der Situation zu viel Angst, in der Situation zu unerschrocken springt sie auf. In weißen Söckchen, Hasensöckchen, läuft sie zur Tür. Die Ladenglocke schrillt immer noch, als Liz sich neben die Frau kniet. Beide sind sie ganz still. Liz schiebt ihre Hände zwischen das Straßenpflaster und das Haar der Sterbenden und beugt sich tiefer. Die Enden ihrer beiden Zöpfe pinseln durch Blut.
Will die Frau noch etwas sagen?
Ein Hund gesellt sich hinzu und schnüffelt an den Schienen entlang. Er nimmt den Tatbestand auf. Was es zu verstehen gäbe, vertagen der Hund, die Frau, die gerade stirbt, und das Mädchen an ihrer Seite auf später. Am Abend schneidet Liz die Zöpfe auf Kinn-

länge ab. Sie schaut dabei in den Spiegel über der Waschschüssel. Wie Rasierpinsel stehen danach die Haare vom kleinen Gesicht ab. Soll ich dir mal ein Kompliment machen, sagt Leo am Sonntag darauf zu ihr.
Ja?
Ich liebe dich …
Leo und Liz gehen miteinander in die Kirche, auch in den Wald, zum Karneval, auf die Kirmes, zum Tanztee ins Kolpinghaus und schließlich in die katholische Brautschule, wo sie alles für die gute Ehe lernen – nur nicht, wie man die Liebe macht.
Ihre Hochzeit ist an einem ersten Mai gewesen. Als sie nach der Trauung aus der Kirche kommen, regnet es. Auf einem schwarzweißen Foto lächelt er auf den regennassen Boden und sie in sein abwesendes Gesicht hinein. Er sieht intelligent aus, sie glücklich. Die Nelken des Brautstraußes sind auf dem Bild dunkelgrau, und der Regen hat seine eigene Farbe, die man nur in der Bewegung sehen kann. Dass nach der Hochzeit eine Ehe kommt, damit haben beide nicht gerechnet. Jetzt haben wir so lange gewartet, hat Leo in der Hochzeitsnacht auf dem Klappsofa von Liz' Eltern gesagt, jetzt kommt es auf diese eine Nacht mehr auch nicht an.
Meine Mutter Liz war trotzdem glücklich?
Ja.
Musste sie ja.
Im Nachbarzimmer haben die Gäste ohne die beiden weitergefeiert. Jemand hat Akkordeon gespielt, und am Ende jener Nacht ist Liz noch immer Jungfrau. Ich komme zwei Jahre später an einem 17. Juni zur Welt, und die Jahre vergehen. John F. Kennedy wird in Dallas erschossen, die Amerikaner landen auf dem Mond, Willy Brandt fällt in Warschau auf die Knie. Auf der Straße sprechen die Männer Liz an, obwohl sie mich an der Hand hat. Keine Mutter, ein Blickfang.

Dann sitze ich in der Sexta. Das Notklassenzimmer ist die alte Schulküche. Unser Lärm hallt von den weiß gekachelten Wänden zurück.
Ihr seid einfach zu viele, sagt Liz zu ihrem einzigen Kind.
Zeit vergeht.
Für mich wie im Flug.
Für Liz wie in einem langen, bangen Mittagsschlaf.
Ich komme in die Pubertät, und meine Mutter und ich haben nicht mehr viel miteinander zu tun. Wir sind ein Boot – bei gutem Wetter ein Zweisitzer, und bei schlechtem gibt es nur Platz für eine von uns. In S. ist fast immer schlechtes Wetter.

Als die Leute in Stammheim sterben, habe ich bereits die Stadt verlassen.

Es ist an einem späten Novembernachmittag, als ich bei einem Besuch in S. noch einmal meinen alten Weg in den Wald nehme, den ich auch im Dunkeln finde. Mein Wald, er ist vor allem in den Jahren, die endlich hinter mir liegen, meine depressive Ecke mit viel Auslauf. Lass es, hat Liz an dem Tag Ende November gesagt, es dämmert schon, und ich darauf: Komm doch mit …
Hast du einen Schlüssel dabei?
Ja, sage ich und klimpere mit einem ganzen Bund vor ihren Augen herum.
Pass auf, sagt sie.
Als ich nach einer guten halben Stunde mitten im Wald bei *meinem* Teich umkehre, höre ich etwas, aber drehe mich nicht um. Ich gehe nur schneller. Doch was ist, ist. Schritte sind Schritte, und auch sie werden schneller. Ich fange an, meine zu zählen, und schiebe eine Hand in die Tasche. Da ist der Schlüsselbund. Pass auf, sagt er, los, lauf! Noch nicht, sage ich. An einer Weggabelung nehme ich den Abzweig links und so die kürzere Strecke zurück in die

Stadt. Das ist der alte Joggingpfad. Trimm-dich-Stationen, die niemand mehr benutzt und noch niemand abgebaut hat, strecken ihr verrostetes Gestänge in die kalte Luft. Ich fange an zu joggen. Dass ich weglaufe, fällt so weniger auf. Bei den Reckstangen, von denen früher die eine lange zu hoch und die zweite bald zu niedrig für mich war, fallen mir Wörter wie Hüftaufschwung und Hüftumschwung ein. Ich muss an den schönen Joseph denken, der Landesmeister im Reckturnen war und sich die Hand meiner Großmutter Elisabeth vor den Augen ihrer Familie buchstäblich erturnte. Ich werde schneller, die Schritte hinter mir auch. Lichter einer Siedlung zeigen den Waldausgang an. Hinter einem Zaun schnauben Pferde. Das hat etwas Tröstliches. Noch einhundert, zweihundert, höchstens dreihundert Meter – jetzt renne ich, dann stolpere ich und falle. Ein Mensch fällt über mich. Ich nehme den Schlüsselbund, schlage einmal zu und sage laut mein Geburtsdatum, weil ich nicht sterben will. Dann fange ich wieder an zu zählen. Diesmal sind es nicht meine Schritte, sondern seine Stöße.
Bei siebenundfünfzig ist es vorbei.
Er ist fertig.
Zeit ist vergangen?
Keine halbe Stunde später bin ich beim Arzt meiner Mutter. Er macht eine Spülung, gibt mir eine Salbe und die Pille danach. Dann gehen wir zur Polizei, meine Mutter und ich. Das Gebäude liegt direkt neben meinem alten Spielplatz. Mit sechs gab ich dort den Sandkasten und mit zehn das Rutschen auf. Mit zwölf schaukelte ich noch immer, aber fing mit dem Flirten an. Das ist vor sechs Jahren gewesen. Liz erwischte mich damals und zog mich an den Haaren aus dem Verkehr. Der Spielplatz ist noch immer ein beliebter Anbahnungsort. Mädchen kichern, und Jungen, deren Alter ich in der Dunkelheit nur an der Bewegung erraten kann, brennen mit ihren Zigaretten rote Löcher in die Dunkelheit, während wir an der grünen Eingangstür des Polizeireviers klingeln.

Über uns hängen zwei Neonröhren. Eine nervt, sie flackert. Drinnen mache ich meine Aussage. Auf dem Schreibtisch des wachhabenden Beamten liegt links eine Banane.
Warum achten Sie nicht darauf, dass Ihre Tochter sich anders anzieht?, fragt er und schiebt seine Banane von links nach rechts.
Wie meinen Sie das?
Liz schaut mich an, als bemerke sie zum ersten Mal, dass ihr Kind in einer Geschenkverpackung herumläuft. Der Beamte zwinkert, aber mit beiden Augen. Liz ist noch keine vierzig Jahre alt und scheint ihm zu gefallen. Auch sie sieht wie eine Vorstadtschönheit aus, die darauf wartet, dass jemand sie gleich von der Straße weg- und mitnimmt, um sie dann mal mehr, mal weniger zärtlich auszupacken. Ihre Dienstnummer bitte, sagt Liz und fängt an zu weinen.
In siebzehn Jahren wird sie tot sein.

Ich schalte den Suchscheinwerfer aus.
Auch im Dunkeln ist sie da.
Was von Liz bleibt?
Mir, ihr Lächeln.

In Rom blühten in den Blumenläden die ersten Mimosen, als in S. der Sarg durch den Mittelgang der Aussegnungskapelle getragen wurde.
Jetzt hör bloß auf zu heulen, zischte mein Vater mir zu, denn sonst denken alle, dass nur du traurig bist – und ich gar nicht. Denk an den Witz mit der Schnecke!
Ich versuchte, mir die Faust zwischen die Zähne zu schieben: Falscher Impuls, falsche Richtung und falsches Tempo für einen Punch, der sich nicht traute, den Richtigen zu treffen.
Am gleichen Tag noch fuhren wir mit demselben Zug Richtung

Süden. Er bis Karlsruhe, ich nach Rom. Er in der ersten, ich in der zweiten Klasse. Mein Vater fragte, wann ich in den Speisewagen will.
Warum?
Ich würde dann davor oder danach gehen.
Warum?
Du siehst heute nicht so aus, als dass man sich mit dir zeigen möchte.
Warum wohl, fragte ich zurück.
Am Gleis in Karlsruhe wartete eine Frau mit einem ähnlichen Betonpagenkopf wie Liz, als er ausstieg. Das Gesicht dazu aber war anders, nicht unbedingt jünger, aber wie aus einem anderen Land, in dem besser gegessen, man sich weltläufiger kleidet und mehr gelesen wird. Die Beine der Frau waren zart und zäh wie bei einem Reh, sah ich, als die beiden Arm in Arm zum Treppenabgang gingen. Eines Tages wird dieses damenhafte Reh diejenige sein, die mir am Telefon den Tod meines Vaters mitteilt.

Was fehlt?
Sie.

Was fehlt noch?
Der Witz mit der Schnecke: Eine Frau gießt die Blumen auf ihrem Balkon im zweiten Stock. Sie entdeckt eine Schnecke und schnippt sie auf die Straße. Drei Wochen später klingelt es an der Wohnungstür. Die Frau öffnet die Tür und sieht niemanden. Sie schaut auf die Fußmatte. Da richtet sich eine kleine Schnecke empört auf, stemmt die Fühler in die Seiten und sagt: Was war denn das eigentlich eben?

Die, die tot sind …

Ein Psychologiedoktorand mit alten Laufschuhen und Schneewittchengesicht
ein zweiter junger Mann von der Telekom
eine Musicalsängerin mit Sehschwäche
ein tätowierter, kräftiger, aber rückenkranker Gerüstbauer
eine Bankberaterin aus Kiew mit Allergien gegen Schrottpapiere
ein Mädchen aus Duisburg, das einmal Pfarrerin wird
ein pensionierter Sportredakteur
eine schöne Friedhofsgärtnerin mit 2500 Beisetzungen im Jahr
eine ehemalige Tänzerin vom Friedrichstadt-Palast,
ich
und fast in meinem Alter eine weitere Frau, die ich am liebsten von allen mag, weil sie aus Dortmund kommt. Eines Tages wird beim Billardspielen ein Hurenausweis aus ihrer Hosentasche fallen.

So ein Stuhlkreis kann auch ein Zuhause sein, dachte ich, als ich in die Mittwochsrunde schaute. Die Telefonseelsorge, so beendete in dem Moment die Ausbildungsleiterin ihren historischen Exkurs, hat sich als Betreuung für Lebensmüde gegründet, als sich Westberlin zur Hauptstadt der Selbstmörder entwickelte. Jetzt aber gibt es Medikamente gegen Selbstmord, oder?
Sie schaute in die Runde.
Wer hier hat schon mal daran gedacht, sich umzubringen?
Keine Antwort.
Okay, welche berühmten Personen haben sich umgebracht?
Monroe, Goebbels, Enke, Meinhof, Romy, Hitler, Améry, dieser Pilot von dem abgestürzten Germanwings-Flugzeug, neulich, und Amy Winehouse, sagte die Friedhofsgärtnerin.
Und eigene Selbstmordgedanken, so?, versuchte es die Ausbildungsleiterin wieder. Jemand berichtete von gewissen Gefühlen aus dem

Jahr 2008, und irgendwer lachte mitten in seinem Erzählen laut auf und meinte, mit Selbstmord habe ich eigentlich nichts am Hut, aber manchmal beneide ich die, die schon tot sind … Ich schaute auf die Fußknöchel der Ausbildungsleiterin, wo Nylonsöckchen sich ins weiche weiße Fleisch schnitten. Draußen war es heiß.

An einem Februarsamstag war ich zum ersten Treffen gegangen. Es nieselte, als ich aus dem U-Bahn-Schacht kam. Bei Humana um die Ecke gab es Trachtenmoden im Ausverkauf. Ich kaufte eine Jacke mit silbernen Knöpfen und zog sie gleich an, um sie zwanzig Minuten später in der Teeküche der Telefonseelsorge wieder auszuziehen. Der enge Raum war überheizt. Vor dem Fenster stieß ein leerer Fußballplatz an eine Baustelle im Wochenendschlaf. Ein Kran bewegte dort seinen Arm in der Luft: Hallo, warum willst du das hier eigentlich machen, fragte er mich, die ich nicht an Gott glaube – aber an die Stimme der Dinge. Sie sagen nichts, die Dinge, wenn man sie fragt. Ihre Geschichten bleiben stumm, bis jemand sie zum Sprechen bringt: Wir, die Menschen.

Sie will bei der Telefonseelsorge arbeiten, um eines Tages genug seelische Kraft zu haben, den Job bei ihrem Geldinstitut aufzugeben, sagte am ersten Ausbildungswochenende die Bankberaterin. Der ehemalige Sportredakteur hatte ein, zwei, drei Frauenprobleme, von denen er sich ablenken wollte, der junge Mann von der Telekom aber auch, und die roten Fäden ihrer beider Geschichten hießen Anna, Sabine und am Ende immer Mama. Der Gerüstbauer wollte endlich sein Leben verstehen, sich von seiner Gewaltbereitschaft läutern und bald auch die Tattoos weglasern lassen. Der Doktorand mit den Laufschuhen schämte sich, 89 in Schwerin zur Welt gekommen zu sein, und murmelte sich Richtung Schwerte, wenn man nach seinem Geburtsort fragte. Die angehende Pfarrerin hatte ein Gesicht wie ein Kirschmarmeladentöpfchen und nahm das Ehrenamt bei der Telefonseelsorge als Praktikum für ihr späteres Seelsorgeamt. Zwei Frauen im Stuhlkreis brauchten die aufwühlenden Gruppentreffen, um weinen zu können und mehr danach über sich zu wissen, als sie eigentlich wollten. Die Ausbildungsleiterin ging bald in Rente. Ihre Methoden für Einfühlung und Selbsterfahrung waren aus den Siebzigern. Willst du eigentlich später mit dem Stoff von hier einen Roman schreiben, fragte sie mich am Ende des ersten Februarsamstags, während sie in ein kaltes Wiener Würstchen biss und es draußen noch immer nieselte. Nein, sagte ich, ohne zu lügen. Der Kran vor dem Teeküchenfenster bewegte noch immer fragend seinen Arm: Ist das hier eine gute Gruppe? Ja, antwortete ich laut.

Aber keiner hörte mich. Sie waren bereits alle zurück in den Stuhlkreis gegangen.

In der Woche darauf schauten wir die zwei Dienstzimmer an, wo die Telefone standen. In zwei Jahren würden auch wir dort sitzen und unsere Schichten als Ehrenamtliche absolvieren. Kann man sich nachts auch mal kurz hinlegen, fragte die Friedhofsgärtnerin und warf ihren dicken roten Zopf über die Schulter. Das sah aus, als hätte sie es plötzlich eilig. Die Sofas in den zwei Dienstzimmer aber waren so klein, dass nur eine Katze hätte drauf schlafen können.

Friedhofsgärtnerin und Friedrichstadt-Palast-Tänzerin sind als Erste aus dem Stuhlkreis ausgestiegen. Der Mann von der Telekom und die Sängerin mit den schlechten Augen gingen kurz vor Weihnachten. Er hatte einen neuen Job und sie Probleme zu Hause. Aber da hatten wir die Regeln bereits gelernt:

Haltung ist wichtiger als Technik
Anrufende stehen immer im Mittelpunkt
Zuhören, aber nie gute Ratschläge geben
Gesprächsauftrag zu Anfang klären
Pausen und Schweigen aushalten
Weinen auch

Die Konflikte zum Thema machen, nicht deren Lösung …
Wenn wir den Stuhlkreis wieder verließen, fragte ich mich, was die anderen mit dem angebrochenen Abend wohl machten. Mit dem Babysitter schimpfen? Über Gott reden? Pornos mit dem Mann, der Frau oder alleine schauen? Bügeln? Auf dem Sofa Tee trinken und mit den Zehen knacken, um dann doch noch einmal aufzustehen und einen Satz vom Nachmittag im Tagebuch zu notieren: Psychose ist ein Rheumaanfall im Kopf.

Als ich nach zwei Jahren Ausbildung das erste Mal in einer Nachtschicht allein am Telefon sitze, fragt mich die zweite Anruferin am Ende des Gesprächs: Wollen Sie mir keine Karte schreiben, ich bin so einsam. Die Nächste beklagt sich, dass die von der AfD wie Aussätzige behandelt würden, obwohl das alles intelligente Leute seien. Gegen eins habe ich einen Sexanrufer, was ich zu spät bemerke. Im Hintergrund fährt bei ihm eine letzte S-Bahn vor dem geöffneten Fenster vorbei, was ihn mir aber nicht vertrauter macht, und ein halbes Jahr später sagt morgens gegen fünf jemand am anderen Ende der Leitung, wie schön, endlich mal wieder eine bekannte Stimme zu hören. Ich leide nämlich an Schlaflosigkeit. Solange wir miteinander reden, kann ich meinen Nächten den Abgrund nehmen und eine Tiefe geben.
Sind Sie ein Dichter?
Habe ich das wirklich gefragt?
Warum machst du das eigentlich, fragt mich der Mann, den ich liebe, manchmal, wenn ich mich nach einer Nachtschicht ins Bett schleiche. Wach wird er immer. Und manchmal erzähle ich dann von einer Frau, die ihren sterbenden Mann nicht auf den Mund küssen konnte – der stand nämlich offen.
Eine Frau hatte ein starkes Neuroleptikum eingeworfen, um mit ihrer Kamikazetochter ein Auto kaufen gehen zu können. Sie hatte diese Tochter einmal, als die noch klein war, in einem Bus verges-

sen. Am Ende haben wir gemeinsam ein Vaterunser gebetet, erzähle ich im Dunkeln des Schlafzimmers. Einer, der 1,92 cm groß ist und 45 Kilo wiegt, klagte, dass er seinen Platz in der Gesellschaft noch nicht gefunden hat, weil er wie ein KZ-Häftling aussieht. Ein Mann Anfang sechzig wollte nur über Regine sprechen, denn Regine ist tot, erzähle ich, und eine Frau um die dreißig meinte, neulich habe sie sogar das Essen auf dem Herd vergessen, und es sei angebrannt, und ich darauf, ach, das passiert mir auch. Aber die Frau um die dreißig hatte eine Alzheimerdiagnose.
Und einmal, als der Mann neben mir im Bett fast schon wieder eingeschlafen ist, erzähle ich ihm von einem, der bitte, bitte nur onanieren wollte, weil er so einsam war.
Wie lange hast du denn mit dem geredet?
47 Sekunden, sage ich, schlaf gut.

Mit dem Nachtbus brauche ich eine Stunde von der Dienststelle bis zum Bahnhof Zoo, wo die Westberliner Telefonseelsorge zu Anfang ihre Anschrift hatte. Am Zoo macht der Fahrer bei der Gleisunterführung Pause, und ich laufe die letzten sieben Minuten zu Fuß, vorbei an Obdachlosen, die im Schein einer Schaufensterbeleuchtung in ihren Schlafsäcken liegen. Eine Frau starrt mich dann immer mit offenen Augen an, wie eine Tote, die in die Sonne schaut. Das Immergleiche muss nicht das Schönste sein …
Ich überquere die Straße und lasse auf der anderen Seite das ehemalige Amerika-Haus, das jetzt eine Fotogalerie ist, links liegen. Hundert Schritte weiter riecht es aus einem entkernten Siebzigerjahre-Hotel nach feuchtem Schutt. Ich biege nach links ab und durchquere eine Grünanlage, wo wieder eine Gruppe Obdachlose lagert und angeleinte Hunde einen Bogen um sie machen. Ich ziehe ein Resümee, jedes Mal ein anderes, und gehe in die Goethestraße. Auf das Backsteingebäude einer ehemaligen Post, jetzt vermietet an ein Yogastudio und mehrere Galerien, folgt eine Bio-

bäckerei, in der bereits Betrieb herrscht. Wenn ich am Aufsteller der Bäckerei vorbeigehe, auf dem manchmal mit Kreide geschrieben das Tagesangebot und manchmal nur das Wort HEUTE steht, denke ich jedes Mal an die hoffnungslos Verliebte aus meiner allerersten Schicht bei der Telefonseelsorge. Es ist immer besser, jemanden zu lieben, als jemanden nicht zu lieben, habe ich damals am Ende des Gesprächs gesagt. Gelernt hatte ich den Satz im Kurs nicht.

Kantine sechs

… und wann hat sich das kleine Ding, das da einmal verlassen und krank auf einem Wohnzimmersofa lag, das erste Mal schriftlich geäußert, will Eva K. jetzt wissen.
Es war im letzten Jahr auf der katholischen Volksschule. Der Lehrer, der so gern im Hinterzimmer prügelte, hatte eine Tierfabel mitgebracht. Darin schlich ein hungriger Fuchs um einen Baum und kam nicht an die Trauben.
Ein vegetarischer Fuchs also und eine ganz neue Pflanzenart, dieser Baum, auf dem Trauben wachsen?
Ich überhöre Eva K.'s Frage, die keine Frage ist.
Der Lehrer las uns die Fabel zweimal vor. Danach sollten wir sie aus der Erinnerung aufschreiben. Ich schrieb in Reimen. Meine Übersetzung von Tiersprache in angemessene Menschensprache, vielleicht, sage ich.
Vielleicht, wiederholt Eva K., aber schwer nachvollziehbar, wie so manches bei dir …
Ich schaue nach draußen. Ein Mann mit einem Kasten Bier geht als Scherenschnitt über die Terrasse der Kantine.

… und als die Arbeiten zurückgegeben wurden, fragt Eva K., welche Note hast du da für deine Reime bekommen?
Ich nehme einen Schluck Holunderlimonade, und der Scherenschnittmann mit dem Bier setzt seinen Kasten auf einem der schneebedeckten Terrassentische ab. Erst jetzt reißen die Außenscheinwerfer den Ort da drüben auf. Der Mann schaut zu uns herüber. Wirklich? Oder ist er einfach nur müde und ernst.
Als der Lehrer mit dem Stapel Hefte in die Klasse kam, sage ich, lag meins zuoberst. Er las die Arbeit vor. *Kommt und kommt nicht an die Trauben, die er uns will heute rauben …* Vor lauter Lachen bekam er die Zeilen kaum heraus. Die Klasse war ganz still und er überrascht.
Wer hat das wohl geschrieben?
Otto Nehmet in der ersten Bank stand auf. Niemand von uns, so was kann hier niemand.
Niemand kann hier so was – was soll das denn heißen? Das ist doch eindeutig eine Sechs.
Nein.
Sondern was?
Eine Eins.
Der Lehrer klappte das Heft zu.
Wer denkt noch, dass das eine Eins ist?
Ein Finger nach dem anderen hob sich, nur meiner nicht.
Der Lehrer klappte das Heft wieder auf und korrigierte die Note. Aus der Sechs machte er eine Eins minus. Wegen der schludrigen Schrift.
Draußen vor dem Fenster nimmt der Scherenschnittmann wieder seinen Kasten Bier und verschwindet in einer Tür, von der ich nicht weiß, wohin sie führt. Eva K. spielt an den Knöpfen ihrer Wolljacke.
Was ist das eigentlich für ein seltsames Getaste?
Im Licht der Außenscheinwerfer sehe ich die Fußspuren des Sche-

renschnittmanns im Schnee. Schon klar, die vergangene Zeit unterscheidet sich in einem wesentlichen Punkt von der Gegenwart – sie fließt nie in eine Richtung. Eines Tages wird er zurückkommen, der Mann, wenn irgendetwas, das ich gerade erlebe, mich an ihn erinnert. Aber wenn dann kein Schnee liegt, was dann? Genau in dem Moment stellt Eva K. wieder die Frage, die ich ihr vorhin an meinem Schreibtisch daheim angedichtet und noch nicht beantwortet habe:
Und welches Wetter nimmst du eigentlich, wenn es ein Draußen in einer deiner Szenen braucht?
Immer das, was gerade vor dem Fenster ist, sage ich.

… kann mich nicht erinnern

Eine Wippe, ein verrostetes Klettergerüst, eine Rutsche, ein Kasten voll mit hartem Sand und eine Doppelschaukel. Die linke quietscht. Der Himmel über uns ist bewölkt und drückt aufs Kindergemüt. Hinter uns ein Bach und vor uns drei Laternen, die jetzt, bei Einbruch der Dunkelheit den Spielplatz und die Schule an seinem Kopfende in schmuddeliges Licht tauchen. Gebaut wurde sie Anfang der Sechziger für die vielen, vielen Kinder, die zwischen 1954 und 1964 zur Welt gekommen sind. Also auch für uns drei. Wir sind an diesem Sonntag zu Besuch bei Liz' Eltern, den Großeltern Johanna und Joseph Conrad. Cousin, Cousine und ich sitzen an diesem Nachmittag, der sich wie Abend anfühlt, auf einer Bank beim Sandkasten, lassen die Beine baumeln und zählen die Kippen und leeren Flaschen zu unseren Füßen. Ela und ich zählen. Der Kleine ist noch zu klein. Wir setzen uns auf eine nächste Bank und spielen nichts. Wir haben auch keine Langeweile. Wir sitzen zu dritt in unserer Kindheit herum, lassen die Beine immer noch baumeln und warten auf die nächste farblose Katze, die wie am vergangenen Sonntag im Gebüsch von einer Runde pickender Krähen seziert wird. Am Ende des Sommers 1970 wird ein Kind von uns tot sein.

Geht spielen, hat man soeben zu uns gesagt, denn die Wohnung der Großeltern Conrad ist bereits für zwei Personen zu klein, und wir sind – wie jeden Sonntag – zu neunt. Johanna und Joseph Conrad leben am Ende einer Sackgasse, am Rand von S., wo Stadt und Rand kaum voneinander zu unterscheiden sind. Die Sozialwohnungen sind gleich nach dem Krieg gebaut und die Wände zwischen den Mieteinheiten nur dünner Karton. Keine Wohnungen: Fischdosen.
Es gibt ein Klo und eine Wanne im Bad hinter der Eingangstür und ein Stück Garten für jede Mietpartei. Meine Großmutter Johanna versinkt klein und zäh in ihren Gartengummistiefeln, wenn sie dort ernten geht. Zwei von uns Kindern schlägt sie regelmäßig, eins nicht. Mich. Ich bin genauso groß wie sie und schon zwölf. Worüber sprechen die sechs Erwachsenen in dieser möblierten Sonntagsenge, wenn wir Kinder nicht dabei sind? Darüber, wie im Jahr 1942 die Gestapo kam, um Flugblätter zu konfiszieren, die Johanna verteilt hatte, weil der Pastor ihrer katholischen Gemeinde sie damit beauftragte, und wie Joseph – von den Nachbarn gewarnt – ein Bild Adolf Hitlers aus der Zeitung schnitt und über das gerahmte Andachtsbild der Mutter Gottes schob, wie er dann die jüngere Tochter, die einmal wie Jean Seberg aussehen würde, ohne jemals einen Film der Nouvelle Vague gesehen zu haben, wie er also diese blonde Tochter wiederholen ließ, dass der Herr im Rahmen *unser geliebter Führer Adolf Hitler* sei. Die Ältere, die Liz, versteckte er, als es klopfte. Ihr Haar war zu schwarz und ihr Mundwerk zu locker. Sie kamen zu zweit und verhörten das blonde Kind: Wer ist

das? Und das Kind sagte: Das ist unser geliebter Führer Adolf Hitler, und der ist mit der Muttergottes Maria dahinter verheiratet.
Oder sprachen die vielen Erwachsenen in der engen Wohnung an solchen Sonntagnachmittagen über den *Neger* im Sommer 45, wie der in die Wohnung kam, als Johanna allein Salat putzte, wie er auf eine höfliche Art etwas von ihr wollte und wie sie ihn daraufhin zur Schlafecke am Fenster führte, beide Flügel öffnete, auf den strömenden Sonnenschein draußen zeigte und auf ihre zwei Töchter, die dort mit einem Dutzend anderer Kinder tobten.
Alles deine?
Johanna nickte. Der GI bekreuzigte sich.
Was für eine Anekdote, die mit jeder Wiederholung blöder wird. Was für eine immer gleiche Geschichte mit der immer gleichen Anzahl von Sätzen und dem immer gleichen Ausdruck in Stimme und Gesicht derer, die erzählen. Sie markiert wie eine rot-weiße Absperrung, die lustig sein soll, jene Baustellen eines gelebten Lebens und Gefahren, von denen n i c h t erzählt wird, weil man davon nicht erzählen kann?
Egal.
Wir drei, der Kleine, Ela und ich, sitzen auf der Bank am Spielplatz, baumeln noch immer mit den Beinen und kauen ein MAOAM. Auch wenn es bei diesem Licht anders aussieht, so werden wir doch in einer Zeit groß, die den Aufstieg für Kinder wie uns möglich macht. Diese wenigen Jahre werden bald Ausnahmejahre gewesen sein. Das wissen wir drei nicht, die wir draußen spielen sollen, damit wir drinnen nicht stören. Vor uns der verrostete Spielplatz, hinter uns der müde Bach, über uns Wolken, um uns herum die Dunkelheit von drei Straßenlaternen. Warum sind wir traurig, ohne es sagen zu können? Bald ist Sommer, versprechen die Erwachsenen, aber Trauer und Angst – dass die beiden Gefühle einander so gleichen, davon sprechen sie nicht.

In dem Sommer 1970 fahren der Kleine, Ela, ihre Mutter Nanna, die wie Jean Seberg aussieht, und deren fröhlicher Mann mit einer befreundeten Familie und deren zwei Kindern nach Holland. Eine Woche später fahren meine Eltern und ich in die gleiche Richtung. Wir nehmen die Ausfahrt Aachen, suchen im Westen der Stadt nach der Uniklinik, früher Maria-Hilf-Hospital. Ela liegt im Koma auf der Intensivstation, angeschlossen an Maschinen, die sie am Leben halten. Es ist Abend, als wir ankommen. Meine Eltern nehmen einen Aufzug. Ich bleibe allein in der Empfangshalle zurück. Über mir surrt Licht im Sparmodus. Vor mir steht ein niedriger Tisch mit Zeitschriften. *Polizei in Amerika fahndet nach der US-amerikanischen Bürgerrechtskämpferin Angela Davis.* Ich versuche mit Kuli, das Gesicht der gesuchten Frau vom Titelblatt auf meinen Unterarm zu übertragen. Es misslingt, und ich konzentriere mich auf eine Blümchenkette, die ich auf meiner Wade anlege. Auf der Rückseite einer weiteren Zeitschrift muss ich nur ein paar Kreuzchen machen, um die Liebe des Lebens zu finden, die bis in alle Ewigkeit zu mir passt. *Was ist Ihre Lieblingsfarbe.* Ich kreuze *Moosgrün* an. *Sind Sie eher nachdenklich oder temperamentvoll?* Ich lege den Stift beiseite, bin noch immer allein und warte.

Wer liebt, wartet, werde ich später einmal schreiben.

Der Fahrstuhl öffnet sich, mein Vater kommt heraus, und in der Empfangshalle wird es neonhell. Er ist eine bleiche Erscheinung.

Komm mit!

Warum?

Du sollst sie sehen, damit du dir nicht Gott weiß was vorstellst.

Ist es schlimm?

Nein, man sieht gar nichts.

Meine Cousine Ela liegt allein im Zimmer und sieht aus, als würde sie schlafen. Ihr Atem geht im Rhythmus der Maschinen, an die sie angeschlossen ist. Ihre und meine Mutter weinen leise. Die beiden Männer stecken die Hände in die Hosentaschen. Das tun Männer immer, wenn sie ratlos sind, werde ich später einmal schreiben. Eine Schwester kommt herein, zeigt auf das missglückte Portrait von Angela Davis auf meinem Unterarm und sagt: Was hast denn du da für einen blauen Fleck? Ich ziehe die Schultern hoch und lasse sie erst wieder sinken, als sie dort ihre Hände auflegt. Dann zieht sie eine Dose Nivea aus ihrer Kittelschürze. Du könntest deiner Schwester die Lippen eincremen, sagt sie, die werden bei der Luft hier drinnen so schnell trocken. Sie ist nicht meine Schwester, sage ich nicht, denn das Wort Schwester fühlt sich im Moment richtiger an als manches andere. Ich creme Elas Lippen schmetterlingsförmig ein. Mit einem Rest Nivea streiche ich über ihre Augenbrauen. Jetzt sieht sie aus wie geschminkt. Ihre Haut ist warm, und sie ist schön, mit diesen kurzen Haaren, wegen derer ich manchmal *Fritz* oder *Fritzi* zu ihr sage. Wenn ich einmal ein Kind haben sollte, werde ich es Fritzi nennen, nehme ich mir vor, denn das ist ein Name für Jungen wie für Mädchen. Ich setze mich auf die Bettkante und betrachte meine Schwestercousine. Was geht durch den Kopf eines zehnjährigen Mädchens, wenn es auf dem Sterbebett liegt und nicht weiß, wie das geht? Ein Bild, vielleicht, wie sie in einen sibirischen Winter hineinstolpert, mit einem geliehenen Männermantel, durch dessen löchrige Taschen es von Ost nach West zieht. Sie hat die Schuhe ausgezogen, weil die sie daran hindern, schnell aus der Zeit hinauszulaufen. Um sie herum gibt es keine Farben mehr, nur Grau, während das Herz erfriert …

Am nächsten Tag wurden die Maschinen abgestellt. Wer den Stecker gezogen hat, weiß ich bis heute nicht.

Später, zu sechst im Aufzug und auf dem Weg zum Klinikausgang, habe ich zum ersten Mal das Gefühl, wir sind eine Familie. Wieder weinen die Frauen, und der Kleine stimmt plärrend mit ein. Ich weine erst ein Jahr später im Schlaf und wache auf, weil ich den Namen *Ela* so laut rufe.
Oder habe ich *Fritzi* gerufen?

Bei der Beerdigung stehe ich wie eine große Schwester neben dem Kleinen am offenen Grab und weiß, sie da unten in der weißen Kiste trägt mein Kommunionkleid und hat eine meiner Puppen als Grabbeigabe im Arm. Die Leute werfen Blumen und Erde auf den Sargdeckel. Was für ein Geräusch – ich ziele mit meinen Bund Vergissmeinnicht absichtlich daneben. Er verschwindet mit einem Seufzer zwischen Sargwand und Grabwand. Der Kleine neben mir schleudert eine weiße Rose, so weit er kann. Sie landet am Kopfende der Grube. Alle mal herschauen, ruft er, meine ist am weitesten geflogen!
Ich nehme ihn bei der Hand. Seine Finger zucken gegen meine, und ich schaue sie mir an. Jemand hat dir die Nägel lackiert? Er nickt. Wer?

Ela.
Wann?
Gestern.
Das Bett im gemeinsamen Kinderzimmer blieb nach Elas Tod zwei Jahre lang leer gegenüber seinem Bett stehen und wurde regelmäßig frisch bezogen. Eine Abwesenheit, die alle zwei Wochen ein anderes Muster bekam.

Meine Hände waren zwölf, als Ela verschwand. Jetzt sind sie über sechzig.
In den Jahrzehnten, die auf ihren Tod folgen, schieben mein Cousin, der mal der Kleine war, und ich ein Leben zwischen uns und unsere Herkunft. Lange Zeit trage ich Armreife übereinander. Sie spielen mir eine Art Zukunftsmusik, die verspricht, einmal keine durchschnittliche Biografie, sondern ein Schicksal zu haben, das ungestüm gelebt werden will. Meine Vorbilder sind Angela Davis, Patty Hearst, Tamara Bunke, Patti Smith oder meine Ballettlehrerin, die ganz in Pink auf den Straßen von S. ein Hingucker ist. Ich lande beim Theater, der Cousin geht nach Amerika, wo er sich mit Frau, drei Kindern und zwei Hunden in der schönen Landschaft des Silicon Valley niederlässt. Von seinem Haus aus ist man in fünf Minuten am Meer und begegnet fast nie einem Schwarzen, es sei denn, man steigt in einen Kombi für Facility Management. Sein Haus hat der Cousin über einen Makler gekauft. Sogar das sonnengelbe Geschirr und die Bettwäsche sind dem Stil der Immobilie angepasst und waren im Kaufpreis inbegriffen. Alles, was eigentlich seins ist, hat der Cousin in Europa zurückgelassen. Nur sein Vintage Porsche 911 von 1979, genannt *Porschi*, ist mit in die Staaten gekommen. Eins seiner Spielzeugautos war auch einmal ein *Porschi* und hat sich kurz nach dem Tod von Ela eines Abends wohl in das leere Bett gegenüber gelegt, um dem Kleinen, damals sechs, anstelle des Vaterunsers ein ganz anderes

Nachtgebet zuzuflüstern: … dein Reichtum komme, dein Wohlstand geschehe, so rasch, dass das Herz den wahren Wünschen kaum folgen kann. Jeden Kinderkummer nimm von uns und gib uns dafür den rasanten Erfolg
… Amen

Fast ein halbes Jahrhundert nach Elas Tod gehen ich und der Kleine, der einen halben Kopf größer ist als ich, einen kalifornischen Strand entlang. Die zwei Hunde toben zwischen Wasser und Sand, während wir uns an der Promenade auf das Klettergerüst eines Kinderspielplatzes setzen.
Wir lassen die Beine baumeln.
Vor uns wellt sich das Meer.
Es ist August 2017.
Ich glaube, von der Familie, die damals mit seiner in Ferien war, zu wissen, was an jenem Sommertag an einem anderen, nördlicheren Meer geschah, an dessen Ende Ela ins Koma fiel. Nein, es war nicht wegen der Ohrfeige, sagt mein Cousin. Ich weiß es einfach nicht mehr.
Dann schweigt er.

Die Kinder durften morgens, wie versprochen, am Strand reiten. Keins von ihnen hatte je eine Reitstunde gehabt, aber die Pferde waren nur alte Ponys und die Miete nicht teuer. Als sie zurückkommen und das Essen bereits auf dem Tisch steht, erscheint Ela nicht. Elas Mutter kann mit gestörten Abläufen nur schlecht umgehen. Sie kann auch mit dem Leben nur schlecht umgehen. Alle sitzen vor ihren Tellern, nur sie steht da und schreit: Wo bleibst du?!
Ela kommt an den gedeckten Tisch.
Ich habe Kopfschmerzen, ganz schlimme Kopfschmerzen.
Noch immer sitzen alle, nur die eine geht auf das Kind zu und hebt die Hand.

Blödes Blag!
Die Hand schlägt zu.
Ich kann nichts mehr sehen … Ela kotzt, und die Hand schlägt ein zweites Mal zu. Dann noch einmal? Keiner weiß mehr genau, was sich wie und wie oft ereignet hat. Aber alles sammelt sich an, und alles wird eine Geschichte. Denn Geschichten ereignen sich nicht. Geschichten werden erzählt, werde ich später schreiben. Später hat mir jemand die Sache mit dem Aneurysma im Gehirn erklärt, hat gesagt, es sieht aus wie eine Beere, die an einem Stiel hängt. Wenn die Beere platzt, kann das am Alter, an Zigaretten, Bluthochdruck, Drogen oder Alkohol liegen. Der Grund kann aber auch eine Gehirnerschütterung sein. Meine Familie hat sich für die Gehirnerschütterung entschieden, dafür, dass das ungewohnte Reiten am Strand auf unebenem Sand die eigentliche Ursache war.

Nein, nicht die Ohrfeige, wiederholt mein Cousin, an die kann ich mich auch gar nicht erinnern …
Wir haben beide längst aufgehört, die Beine baumeln zu lassen, und schauen aufs Meer, ohne den Tod zu verstehen. Blass sieht mein Cousin nicht aus, nur müde. Unsere Rücken lehnen sich an das Gestänge des Klettergerüsts hinter uns. Die Farben sind frisch. Es gibt keinen Rost, trotz der salzigen Meeresluft. Ich weiß es nicht mehr, wiederholt mein Cousin, kann mich nicht erinnern. … Sportlich stößt er sich vom Gerüst ab und springt in den Sand. Jede seiner Bewegungen, auch wenn sie noch so alltäglich ist, hat etwas von einem Wettkampf. Dann pfeift er nach den Hunden.
Und dass meine Mutter wie Jean Seberg ausgesehen haben soll, ist mir nie aufgefallen, sagt er und ist schon weitergegangen.

Die Zeit heilt alle Wunden, sagt man.
Zeit an sich aber gibt es nicht, sagt Einstein.
Die Wunden bleiben, sagt niemand gern.

Kantine sieben

Du könntest morgen mit zurück nach S. kommen, bleiben und dort schreiben, sagt Eva K. Meint sie etwa, dieser kleine Ort am Rand des Ruhrgebiets mit seinen zwei Kirchtürmen könnte der sicherste auf der Welt sein, wenn gerade allen überall der Boden wegrutscht? Wenn du unbemerkt bleiben willst, sagt Eva K., findest du den sichersten Unterschlupf, indem du in deine Heimatstadt zurückkehrst. Vielleicht gibt es sogar eine freie Wohnung im rosa Altbau von damals, oder die ganze Immobilie steht leer, wartet auf eine Sanierung, den Abriss oder nur auf dich, als Zwischenlösung. Du bezahlst an irgendwen, den man dir nennt, drei Monatsmieten im Voraus, obwohl du vielleicht nur zwei Wochen

bleiben willst, und verkriechst dich in diesem Dunkel eurer alten Parterrewohnung, in diesem Dunkel, das du so gut kennst. Beim Einkaufen verhältst du dich warmherzig, sodass das Misstrauen deiner alten Umgebung dir gegenüber dahinschmilzt wie Schnee. Einmal dort, gehst du aber nur selten aus dem Haus. Wenn doch, dann eben doch. Fast alles ist wie früher. Die Gärtnerei im Herzen der Stadt jedoch ist samt Gewächshäusern abgerissen worden, in der Villa Sternenberg direkt neben eurem rosa Altbau wohnt jetzt ein türkischer Kieferorthopäde, und das Kaufhaus am Markt steht leer. In deinem alten Kinderzimmer, nun dein neues Arbeitszimmer, ist die Tapete von vor fünfzig Jahren so schlecht überstrichen, dass die Motive unter der Tünche sichtbar werden. Du erinnerst dich? Es gab Handspiegel, Schleifchen, Petticoats, Rollschuhe und Blumensträußchen, lauter Sinnbilder eines geglückten Mädchenlebens. Eva K. dreht sich auf dem Linoleumboden aus der stabilen Seitenlage auf den Rücken, lässt die Arme Richtung Kantinendecke schweben und spricht nicht mehr – sie raunt.
… und eines Abends dann riecht es in der Wohnung nach Kohle, nach Rauchgas wie früher, wenn deine Mutter Liz ungeschickt ein Brikett nachgelegt hatte oder der versottete Kamin nicht richtig zog, weil ein Wetter von oben auf den Schornstein drückte. Du öffnest deine Zimmertür und gehst den 15 Meter langen Wohnungsflur entlang. Drei Menschen sitzen auf dem Sofa, dort, wo früher das Wohnzimmer mit dem Fernseher war. Doch da ist kein Zimmer mehr. Es fehlt die Decke. Der Raum öffnet sich bis ins All. In einer Kälte, gegen die kein stinkender Ofen hilft, warten deine Mutter, eine Frau, die ihr ähnlich, also so aussieht wie nicht von hier und ein Junge. Er ist so alt wie du, also schon ziemlich alt jetzt. Erinnerst du dich, sagt deine Mutter, das ist Ellen, Ellen R. mit ihrem Sohn. High, sagt der alte Junge.

Ellen, sagt deine Mutter, hat damals in S. ihre Kaufmannslehre gemacht und mit ihren Eltern den Gutshof Oberberge am Rand der Stadt übernommen, da wo der Wald anfängt. Seit Neuestem legen dort Freilandhühner Eier für einen guten Zweck, für die *Tafel* oder so. Ellen ist auch nach S. zurückgekommen, nachdem sie knapp zwei Jahre in Virginia gleich gegenüber von Washington gewohnt und so den 35. Präsidenten der Vereinigten Staaten kennengelernt hat. Geblieben von diesem Abenteuer ist eine dicke Akte beim FBI, in der ihre Sexgewohnheiten auf Spionagegefahr hin untersucht wurden. Sex habits and peculiar tastes, sagt der alte Junge.
Das passiert eben, wenn Mädchen nackt sind, sagt deine Mutter.
She conducted contrary to matrimonial rules, erläutert der alte Junge.
Sie hat sich gegen die ehelichen Regeln verhalten, übersetzt anmutig deine Mutter, die bislang kein Englisch konnte. Jetzt schon, denn jetzt ist sie tot …
Und du, sagt Eva K. jetzt und hebt den Kopf, ohne mich anzuschauen, genau du könntest nun in dein Arbeitszimmer, das einmal dein Kinderzimmer war, zurückgehen und über Ellen R. schreiben.
Ob diese Eva K. weiß, dass sie immer noch wie ein verunglückter Käfer auf dem Linoleumboden einer Theaterkantine liegt?

Wie lange noch?
Solange ich sie dort liegen lasse, oder?
Ob sie mit diesem vorgereckten Kinn keine Nackenschmerzen bekommt?
Ob sie sich daran erinnert, wie ich früher in den Schnee des Hinterhofs Nelken gepisst habe und mit dem Finger *Pissnelke* darunterschrieb, um sie zu ärgern?
Eva K. hebt den Arm und zirkelt im Durchmesser einer Tortenspringform über sich einen immer gleichen unsichtbaren Ring in die Luft.
So bekommt dein Leben am Ende doch noch eine Form, sagt sie, denn vielleicht wird dieses Buch über Ellen R. dein letztes – und vielleicht auch dein bestes.
Sie richtet den Oberkörper ganz auf.
Fahr du morgen mal allein zurück nach S., sage ich, und schreib das Buch über Ellen R. selbst!
Okay, sagt sie, stemmt sich hoch und steht vom Kantinenboden auf.
Endlich!

In die Welt hinaus

Klavierunterricht:
Die Stunde ist montags.
Ein Instrument haben wir parterre nicht.
Ich übe am Flügel im ersten Stock.
Sonntags hört mir Eva K. zu.
Montags
der Klavierlehrer
nicht.

Er raucht Gauloises.
Komme ich aus der Stunde
stinken meine Haare.
Später einmal soll ich in Gesellschaft die höhere Tochter geben und
zwischen Dur und Moll verschweigen
wo
ich herkomme.
Dann haben auch wir – parterre – endlich ein Klavier
schwarz lackiert wie ein Sarg oder das Schlafzimmer meiner Eltern.
Sobald ich übe
stößt meine Mutter den Staubsauger über die Teppiche.
Mein Vater ist kaum noch zu Hause
und ist er einmal da
fassen Liz und ich
durch ihn hindurch
sobald wir nach ihm greifen.

Kleinanzeige:
Schreibmaschine Continental
Wanderer-Werke, Stettin zu verkaufen.
Stettin ist in der DDR
sagt Eva K.
Sie fährt mit mir und ihrem weißen Käfer an den Rand von S.
Die Wohnung des Verkäufers riecht nach Zeitungen
und tausend Jahre alten Socken.
Danach
beim Eis
scheint die Sonne auf uns
und das ist es.
Abends tippe ich mein erstes Gedicht ab.
Achtundachtzig Tasten am Klavier und

dreiunddreißig auf der Schreibmaschine
– auf Fingerspitzen
gehe ich in die Welt hinaus.

Duisburg 89.
Sie stemmt die Hände in die Hüften und schimpft:
Du sagst uns doch sonst, was wir machen sollen, dann sag uns jetzt auch, was wir sagen sollen. Ich besorge mir ein schwarzes Schulheft. Das Stück heißt *Charlotte Corday, Mörderin Marie.* Die Wütende ist aus der Schweiz, tanzt die Ulrike Meinhof und ist eine der drei Frauen auf der Bühne, die aus politischen Gründen morden. FM-Einheit, alias Mufti, Schlagzeuger der Einstürzenden Neubauten, hat die Musik am Computer komponiert, weil er schon immer einmal Ballettmusik schreiben wollte, und ich, die ich schon immer einmal Texte fürs Theater schreiben wollte, habe am Ende für meine Tänzerinnen knappe Drei- und Vierzeiler im schwarzen Heft verfasst, damit auf der Bühne der politische Atem des Ensembles hörbar wird. Premiere ist an der Oper Duisburg im Sommer 89. Zwanzig Minuten vor Vorstellungsbeginn fällt meine zweite Hauptrolle wegen hysterischer Rückenschmerzen aus der Senkrechten in die Waagerechte und bleibt liegen. Zwei Krankenwagen kommen und streiten sich, wer sie mitnimmt, während ich ihr rosa Tüllkleid Größe 34 anziehe. Die Taille spannt sich um meine Rippen, und der Reißverschluss lässt sich nicht schließen. Die Klamotten von Ulrike Meinhof wären besser für mich gewesen. Egal, in zwanzig Minuten wird sich eh mein Leben ändern. In einer plötzlichen Stille, in der kein Mufti vor aller Ohren die Welt auseinandernimmt, mit Hämmern auf schwere Eisenplatten schlägt oder eine Flex-Maschine als Cello einsetzt, stößt eine alte Dame in der ersten Reihe die alte Dame neben sich an. Sie zeigt auf mich und sagt: Tanzen tut sie ja ganz schön, aber hätte sie sich

vorher nicht mal die Beine rasieren können? Ich, an der Rampe, beuge mich am Ende einer Drehung zu den beiden Damen und sage in die Stille hinein laut einen meiner selbst geschriebenen Sätze:

Sie werden ihren Kopf fordern, als hätten sie selbst keinen.

Und ich weiß plötzlich, ich werde ab jetzt keine Lust mehr haben, im Scheinwerferlicht ausgestellt zu sein. Drei mal zwanzig Minuten später sitze ich, Anfang dreißig, vor dem Schminkspiegel in der Garderobe Oper Duisburg und verteile Melkfett auf meinem roten Gesicht. Jemand in meinem Rücken räuspert sich. Ein Faltenrock mit einer schüchternen Frau darin steht in der Garderobentür.

Das war großartig, sagt sie.

Danke, sage ich, mit dem roten Gesicht einer untrainierten Tänzerin.

Die Texte, die waren großartig, sagt sie – und ich bin enttäuscht.

Wer hat das geschrieben?

Ich, sage ich.

Sie sind doch Tänzerin.

Aber ich hab auch Abitur.

Ich schob ihr das schwarze Schulheft hin. Die Dame im Faltenrock war Monika Schoeller, Inhaberin des S. Fischer Verlags. Tags drauf in einem Restaurant, in dem noch kein Mittagstischbetrieb war, bestellte sie eine Flasche Champagner und legte mir einen Vertrag auf den Tisch. Ich glaube, Sie könnten auch einem Roman schreiben, Judith …

Ich blätterte. Die gestärkte Tischdecke spitzte ihre vier Ohren. Die Alpenveilchen auf der Fensterbank drehten mir die lila Köpfe zu. Ich las auf Seite zwei den Vorschuss und wusste: Klar kann ich einen Roman schreiben!

Der Mann von der Security raucht noch immer

Zwei Tage vor meinem Abflug nach Johannesburg sagt ein Kölner Freund, der gern Cowboystiefel trägt, zu mir: Denk dran, sobald du das Gefühl hast, hier stimmt was nicht – ab ins Taxi. Zur Not versteck dein Geld in den hochgerollten Hemdsärmeln. Und wenn jemand dich überfällt, spiel nicht die Heldin. Geh auch abends nicht allein raus, um dir am Büdchen noch ein Bier zu kaufen. Hör dir vor der Abreise im Netz die Musik von Die Antwoord an und besorg dir Fotobücher von Roger Ballen, um dich auf das einzustimmen, was dich da in Südafrika erwartet. Das ist nämlich nicht so ein braver Kunstkram wie hier bei uns. Das ist dort richtig roh und grob und gefährlich. Sei also kein Westberliner Plüschohr …

Westberlin, wiederhole ich, den Ort gibt es doch gar nicht mehr.

Stimmt, Westberlin liegt in der Vergangenheit, sagt der Kölner Freund, und hast du schon Pläne?

In der Nacht vor dem Abflug nach Johannisburg träume ich von Pitbull Terriern, die schwitzende Männer in Tiefgaragen hinter sich herzerren, und von Tauben, die auf mich scheißen.

Drei Tage später lehne ich auf dem Beifahrersitz meinen Kopf ans Seitenfenster – draußen ist Johannesburg. Am Steuer sitzt ein Freund aus Soweto. Auch er hat professionell getanzt. Auch in Deutschland. Während er über die Nelson-Mandela-Brücke nach Newton fährt, erzählt er, wie er als Sechzehnjähriger auf dem Weg zu seiner Großmutter von Bezirk 9 zu Bezirk 1 in Soweto fünf Zulu-Männern in die Hände gefallen ist. Sie warfen ihn in einen Graben. Da lag schon ein Toter, und den Freund aus Soweto hielten sie für dessen Mörder. Dem Necklacing entkam er knapp.
Necklacing?
Lynchmord, sagt er, ein Autoreifen wird dir um den Hals gehängt, mit Benzin übergossen und angezündet. Das Gummi und dein Körper werden zu einer brennenden Masse. Die Zulu-Männer damals hatten den Verdacht, ich sei schuld am Tod ihres Kumpels, auf dessen Leiche sie mich zusammengetreten hatten. Außerdem trug ich das falsche T-Shirt. NAC stand darauf. Das ist ein Arzneimittel. Keiner von den fünf konnte die Buchstaben in der richtigen Reihenfolge lesen. Sie lasen ANC. Das war ihre Lizenz zum Töten. ANC war der Todfeind. Danach, sagt mein Freund aus Soweto, hat ein Onkel mir einen Hund geschenkt und mich von der Straße in seine Ballettschule geholt. Die Mädchen dort waren unerreichbare Prinzessinnen in Rosa für mich. Ich wollte für immer in ihrer Nähe bleiben. Den Hund übrigens, den habe ich *Tanz* genannt.
Als er auf den Parkplatz der Tanzakademie Moving into Dance Mophatong einbiegt, sagt er: Ab jetzt redest du, ich bin schüchtern.
Alle, die tanzen, sind schüchtern, sage ich.

Stunden später überqueren wir die Nelson-Mandela-Brücke in die andere Richtung. Wir kommen aus Newtown und fahren zurück nach Melville. Am Morgen haben wir in der Tanzakademie lauter Soli gesehen und danach mit der ersten Werkstatt angefangen. Vierzig Tanzende in Ausbildung zwischen siebzehn und dreiundzwanzig stehen vor mir. Sie sind erschöpft von ihrer Präsentation und essen Nüsse aus knisternden Tüten. Ich erkläre leise und unsicher, was ich machen will: Schreiben.
Okay …
Erzählen …
Okay …
… autobiografisch, um eure Solotanzgeschichten von soeben mit euren gelebten Geschichten zu füttern …
What? Why?
Mir geht ein Satz von Alexander Kluge durch den Kopf: Unsere Lebensläufe sind die Häuser, aus deren Fenstern wir Menschen die Welt deuten: ein Gefäß der Erfahrung für das literarisch Erzählbare.
Ich sage den Kluge-Satz nicht. So rasch könnte ich ihn gar nicht übersetzen. Doch vierzig junge Menschen haben plötzlich aufgehört zu essen, als hätten sie vernommen, was ich nur gedacht habe. Die Tüten in ihren Händen knistern noch. Sie schauen mich an, von außen und von innen offen und irgendwie gespannt auf einen möglichen Sinn hin, der nicht unmittelbar zugänglich ist. Ich schaue zurück und verhake mich im Blickkontakt mit einem Jungen, der als Einziger ein Gesicht macht, als wolle er mich mit in die Hölle nehmen, wenn er einmal stirbt.
Jetzt hast du Angst, oder?, fragt er.
Ich nicke.
Don't worry, sagt er, du hast ja wohl auch keine so einfache Kindheit gehabt. Ich nicke, doch sage ich ihm gleich, dass ich nur Angst habe, weil sie so viele sind.

Don’t worry, wiederholt der Junge mit dem Höllenblick, wenn du gut bist, sind wir morgen noch mehr.

Am Tag drauf schlage ich an der Tanzakademie Moving into Dance Mophatong eine Improvisation zum Thema Familie vor und rede heute wie auch gestern nicht von Apartheid. Da zieht sich er, der mit dem Höllenblick, einen Socken vom Fuß. Dann den zweiten. Knüllt beide ineinander und wirft sie in die Mitte des Trainingssaals. Die anderen weichen zurück.
Was ist das?, fragt ein Mädchen.
Dein Vater?, höre ich mich sagen.
Wir haben zu Hause einen Fernseher, aber keinen Vater, sagt der Junge und schlägt mit der Zunge gegen den Gaumen. So hat mein Vater gemacht, als er ging – nachdem er noch einmal um sich geschlagen hatte, sagt er. Ich erkenne den Schnalzlaut wieder. Genau so fing gestern bei der Präsentation sein Solo an: *Skulls of My People*.
Er schaut auf das Sockenknäuel, dann auf mich:
Was ist das?
Ein Schädel, oder?, frage ich leise zurück.
Meine Arme kommen mir in dem Moment sehr weiß vor. Ich ziehe eine schwarze Jacke über, während er auf seine nackten Füße schaut. Was haben sie mir gestern noch vom Mythos *Schwarze Ferse* erzählt? Entweder man ist gut ausgedreht, oder man hat schöne Füße, haben sie gesagt, Füße wie ein Pfeil. Wer professionell tanzt, muss einen Spann haben, der ihm die Tür jeder Ballettcompany öffnet. Aber die Achillesferse von schwarzen Menschen, so haben sie gesagt, verläuft so, dass sie beim klassischen Tanz nicht vorschriftsmäßig ihre Füße strecken können wie die Weißen. Ein junger Mann hat mir zur Illustration lange seinen Fuß am Ende eines durchgestreckten Beins unter die Nase gehalten. Quatsch, schwarze Ferse, habe ich gesagt, dass du keinen schönen

Spann hast, liegt daran, dass du ein Mann bist. Männer haben fast immer konturlose Füße – im Gegensatz zu Frauen.
Ist das so?
Er hat das Bein fallen lassen.
Das ist so, sagte ich, mach was draus.
Wie?
Akzeptier es einfach.
Das mit den Füßen?
Alles, habe ich gestern gesagt, auch das mit den Frauen. Wieder bin ich verlegen geworden.
Jetzt verschränke ich meine verdammt weißen Arme in den Ärmeln meiner schwarzen Jacke, höre noch einmal diesen Gaumenlaut von gestern und habe verstanden. Der Junge, der soeben seine Socken zum Schädel geknüllt hat, kommt aus Namibia, ist Herero, und ich bin Deutsche. Als er kurz darauf anfängt zum Stichwort Familie zu improvisieren, hat er wieder so ein Gesicht, als wolle er nicht nur mich, sondern alle im Raum und noch die ganze Welt dazu mitnehmen, wenn er einmal gehen muss.

Wer schreibt, trinkt, und wer tanzt, ist schüchtern?
Im Tagebuch notiere ich die Doppelfrage für mich in Melville, am noblen Rand von Johannesburg. Draußen wird es dunkel. Ein kleiner Vogel flattert gegen mein vergittertes Fenster und pickt an die Scheibe, wie gestern und vorgestern. Ich habe ihn Pikadilli genannt. Will er zu mir? Hat er sich verliebt? Das hat keinen Sinn, Pikadilli, denke ich, du wirst in geschlossenen Räumen nicht leben wollen, und ich bin zu fett für dein Nest. Später öffne ich das Fenster und sehe durch die Stäbe hindurch einen Schwarzen vom Security Service in Grün auf einem grünen Plastikstuhl unten auf der Straße sitzen. Er raucht. Ein roter Punkt brennt ein Loch für mich in die Dunkelheit. Was wohl die vierzig Studierenden jetzt machen, die ich morgen wiedersehen werde? Ob sie da, wo sie sind,

zu Hause sind und blind wissen, wo sich die Lichtschalter zwischen den Türen ihrer Zimmer befinden?
Was für eine Frage!
Alle sind sie nach der Apartheid geboren. Sie kommen aus Soweto oder Alexandra, dem größten Township in Johannesburg, oder sie kommen aus Downtown oder Kliptown, wo kein Taxi mehr reinfährt, weil sich jedes Auto dort einen Achsenbruch holt. In der Akademie bekommen sie Ausbildung, Kost, Logis und Kleidung umsonst und werden so vom Staat nicht nur für die Bühne, sondern auch auf den Tanzbetrieb vorbereitet. Moving into Dance Mophatong ist die erste Schule für zeitgenössischen Tanz in Südafrika gewesen und arbeitet mit dem Vokabular der afrikanischen, ballettklassischen und zeitgenössischen Traditionen.
Tanztraining ist ein Überlebenstraining für später?
Wer hoch springen kann, kann auch in der Gesellschaft aufsteigen?
Wieder denke ich, dass Tanz überall auf der Welt etwas für Kinder ist, die einmal mit dem Leben nicht zurechtkommen werden. Darum bin auch ich zum Ballett im verrauchten Hinterzimmer einer Gaststätte in S. gegangen, wo ich höher sprang als die anderen Mädchen?
So hoch wie ein Junge eben.
Wieder schaue ich aus dem Fenster und auf die dunkle Straße von Melville. Der Mann in Grün von der Security raucht noch immer.

Zu tanzen

ist eine Mischung aus Chaos und Ordnung
die Anhaltspunkte dafür geben kann
wie sich der Sinn des Lebens

musikalisch strukturieren lässt
– manchmal wenigstens.
Körper wissen
es gibt eine physische Form für eine seelische Aktivität und
eine Technik
jenseits aller Technik
um jenen Abgrund zu beherrschen
der der Mensch ist.

Bahnhof Kiel

Es ist kalt, als ich aus dem Zug steige, und es riecht nach Pommes. Beim Bahnhofsausgang Richtung Stadt steht die Bude auf Rädern. Die Frau an der Fritteuse wendet mir den Rücken zu. Ich bestelle eine Currywurst. Okay, sagt sie und dreht sich nicht um. Erst als sie mir mit zwei ziemlich kleinen, ziemlich alten Händen ein Pappschälchen und ein bleiches Brötchen über den Tresen zuschiebt, erkenne ich sie. Mit sechs sind wir gemeinsam ins Ballett gegangen. Mit zehn liest Martina den *Parzival*. Ich auch, aber nur wegen ihr. Mit elf wagt sie sich ans *Nibelungenlied*. Ich auch, aber als Fotoroman. Mit zwölf vergnügt sie sich im Zimmer ihres Bruders mit *Twen* und *Sexfront*. Auf seinem Hochbett hocken wir angespannt und still wie auf einem Hochstand, werden bald dreizehn und starren von der Flokati-Tagesdecke aus auf eine geöffnete Jeans mit Babybauch. Wir lesen vom § 218 und § 175, von Jazz und vorehelichem Sex. Wir sind nicht jung, wir sind modern und blättern weiter, bis wir uns über das ausklappbare Foto eines Obstkorbs beugen. Stillleben mit Penis, steht darunter. Ich habe den Penis im ersten Moment gar nicht gesehen.

… drei fünfzig, sagt jetzt die Frau in ihrer Imbissbude am Bahnhof Kiel.
Hallo, Martina, sage ich.

Martina Judith war die Tochter des Kaufhausbesitzers am Neumarkt von S., wo auch das Kino stand. Zum Spielen hatte sie einen Park nach hinten raus, zum Reden ein Hausmädchen, das sie Tante nannte. Ihre drei älteren Brüder waren schön, unberechenbar und fast immer bekifft. Ich, Judith Martina, wohnte neben einer leer stehenden Fabrik. Den Fenstern konnte ich ansehen, dass sie die Menschen vermisste, die einmal zur Arbeit gekommen waren, nachdem sie sich in der Früh mit den immer gleichen Bewegungen aus dem Bett geschleppt, angezogen und hinaus auf die Straße gequält hatten.
Martina und ich gingen Hand in Hand in den Kindergarten und später zusammen ins Ballett, dann zur Beichte und im Winter mit Pantoffeln im Turnbeutel zu den Vorlesestunden der Stadtbücherei. Als *Die kleine Hexe* an der Reihe war, versuchte Martina mit gespielter Hexenstimme, der Vorleserin einen Dialog aufzuzwingen. Die Frau hatte eine Hasenscharte. Wir flogen raus und standen, in Pantoffeln, auf der winterkalten Straße einer deutschen Kleinstadt am Rand des Ruhrgebiets, in der einmal an einem 30. März 1933 der Inhaber des Kurz-, Weiß- und Wollwarenmanufakturgeschäfts am Neumarkt eine Warnung in der örtlichen Zeitung veröffentlichte: Er stamme aus einer alten christlichen Familie aus Böhmen, schrieb Martinas Großvater, und er drohe allen, die behaupten, er sei jüdischer Abstammung, mit strafrechtlicher Verfolgung. Außerdem setzte er eine Belohnung von 100 D-Mark aus für den, der ihm die Schmierfinken nennen würde, die die Schaufenster seines Kaufhauses mit Hakenkreuzen besudelt hatten …
In Pantoffeln liefen Martina und ich an diesem Winternachmittag fort von der Stadtbücherei und vorbei am Schaukasten der Heimat-

vertriebenen Richtung Marktplatz. Die vertraute Umgebung kommentierte sie mit ihrer neuen Hexenstimme. In jedem Hauseingang, jedem Flur dahinter lauerte plötzlich Magie. Wir liefen Slalom zwischen parkenden Autos auf dem Marktplatz, auf dem heute kein Markt ist, und beschleunigten auf die schwere Drehtür des Kaufhauses zu, das wieder ihren Eltern gehörte. Wir drehten ein paar Runden, nahmen Schwung und verschwanden, an Kasse und Mutter Jenny vorbei, Richtung Keller, Richtung Lagerräume, wo wir den Rest des Nachmittags zwischen nackten Schaufensterpuppen verbrachten.

Von einer Reise nach London kommt Martinas Vater eines Tages um 68 herum mit einem grünen Esel zurück. Wir nennen ihn Humsti, weil er ihn als Humpty Dumpty vorgestellt hat. Englisch sprechen wir noch nicht, und den Zusammenhang mit *Alice im Wunderland*, die durch Spiegel in eine bessere Welt hineinzukommen versucht, kennen wir nicht. Wir haben auch keine Ahnung davon, dass hinter Spiegeln der Tod wohnt. Wir lieben Humsti einfach, der grün und steifbeinig in Martinas weißem Schleiflackmädchenzimmer herumsteht und uns anschaut, als sei ihm auf der Reise etwas Schweres widerfahren.
Dass Martinas Familie aus dem Osten und jüdischer Abstammung sei, dieses Gerücht hielt sich lange in S. Ob etwas daran ist, weiß ich nicht und ist mir auch egal. Ich bastle aus Gerüchten meine eigenen Geschichten.
Wir sind gleich alt, aber Martina Judith kommt früher als Judith Martina in die Pubertät und behauptet, ihr wachse links um die Brustwarze eine komische Beule. Da ist sie zehn und noch flach wie ein Brett. Mit elf erklärt sie mir, dass Kinder auch da wieder rauskommen, wo sie reingekommen sind. Woher weißt du das, frage ich, und sie sagt: Vom Teufel. Der sei ihr mehrfach erschienen, aber das erste Mal wohl in der Nacht vor der heiligen Kommunion.

Und, hatte er einen Schwanz, frage ich, und sie sagt, ja, hatte er, aber nicht hinten, sondern vorn. Kurz habe ich einen Verdacht, damals, aber der ist so unheimlich, dass ich mich selbst verdächtige, unheimlich zu sein. Was bist du denn plötzlich so mucksig, fragt sie. Humsti steht auf ihrem Mädchenfrisiertisch. In einem runden Spiegel schaut er traurig sich selbst dabei zu, wie er von Barbie zugeritten wird.
Als Martina mit siebzehn die Arme um die Taille einer rothaarigen Schönheit legt und die Stadt auf dem Rücksitz eines Motorrads verlässt, schenkt sie mir zum Abschied ein lila Spinnennetz in Form eines Dreieckstuchs. Sie hatte es gehäkelt. Es wärmt nicht, es ist nur schön. Wenn ich später innere Bilder von ihr und mir übereinanderschiebe, sehe ich mich an einem Fenster zum Hof stehen, das irgendwo in einem Früher liegt. Martina stellt sich neben mich und isst ein Stück Fleischwurst. Es ist immer dasselbe Stück, aus immer derselben Metzgerei, in die meine Mutter freitags einkaufen ging. Kamen wir Mädchen mit, gab uns die Verkäuferin so ein Stück Wurst auf die Hand. Eines Freitags bekam Martina wie immer ihr Stück. Ich nicht. Ich war zu alt für Fleischwurst geworden. Martina aber würde noch heute in jener Metzgerei ihre Wurst bekommen, ganz sicher – wenn es den Laden noch gäbe.
Gehe ich heute durch S., merke ich, wie alt ich tatsächlich geworden bin, weil die Menschen von früher auch alt sind. Manchmal sehe ich dann auf dem Neumarkt vor dem Kaufhaus die junge Martina mit dem Rücken zu mir stehen. Wenn sie, ohne sich umzudrehen, einfach geht, will ich ihr hinterherlaufen. Wäre diese Freundin in meinem Leben nicht gewesen, ich hätte nicht gewusst, was zwischen Menschen möglich ist. Sie und ich, wir haben uns manchmal im Schlaf aneinandergeklammert, ohne dass wir je zusammen eine Nacht unter einer Decke verbracht haben.
Ab und zu kam Martina zurück in die Stadt und nahm Männer mit ins Bett, mit denen wir einmal in die Schule gegangen waren. In der

Wohnung über dem Kaufhaus ihrer Eltern hatte sie kein eigenes Zimmer mehr. Die lokalen Liebhaber zog sie im Schlafzimmer von Mutter Jenny aus, die bereits tot war. Ungeniert bestätigte Martina das Bild, das sich alle bereits auf dem Schulhof von ihr gemacht hatten. Solche Bilder bleiben, ein Leben lang. Meine Mutter Liz traf Martina ab und an in S. Sie verabredeten sich. Martina nähte ihr ohne Schnittmuster den nächsten Rock. Die Maße hatte sie im Kopf. Wie immer würde der neue wie all die anderen zuvor bei der ersten Anprobe sitzen und meine Mutter sie loben:
Du bist eben eine kleine jüdische Schneiderin, Martina.
Martina würde mit den Schultern zucken.
Wenn Sie meinen, dass es daran liegt …
Viele Röcke lang führten sie diesen immer gleichen Dialog, bis bei einem ihrer letzten Besuche in S. Martina von der anderen Straßenseite her meiner Mutter zurief: Übrigens, ich bin keine kleine jüdische Schneiderin mehr. Ich bin jetzt Pornodarstellerin.

Pornodarstellerin – das Wort leuchtet in meinem Kopf wie rote Limonade, als Martina sich jetzt vor dem Bahnhof Kiel aus ihrer Imbissbude zu mir beugt.
Judith, deine Currywurst wird kalt, und außerdem hast du deine Jacke schief geknöpft, sagt sie, nachdem wir uns gut dreißig Jahre nicht gesehen haben.
Übrigens, schief geknöpfte Jacke heißt, es wird Schnee geben.
Ich schaue an mir herunter.
Meine Jacke ist nicht schief geknöpft.
Ich schaue zum Himmel. Bei Müdigkeit, Mutlosigkeit und Ratlosigkeit wird empfohlen, sich zum Himmel zu wenden, da die Bilderrätsel aus Wolkenformationen bisweilen einen Lösungsvorschlag haben.

Am Abend erscheint Martina zu spät zu meiner Lesung und trägt ein schwarzes Woll-Krepp-Kleid, knieumspielend, mit weißem Stehkragen.
Sicher selbst genäht.
Martina eben.
Während der Moderator mich auf dem Podium vorstellt, geht sie durch den Mittelgang bis nach vorn, und ich denke: Ja, kann man machen, warum nicht mal mit einem Catwalk die Lesung einer alten Freundin eröffnen? Sie lässt sich direkt auf den letzten freien Platz vor mir fallen, holt einen silbernen Flachmann aus einer silbernen Abendhandtasche und prostet mir zu. Wenn das Mutter Jenny wüsste, aber was eigentlich hat diese Jenny vom Leben ihrer drei Söhne und der Tochter überhaupt mitbekommen? Tag um Tag saß sie geschmückt wie ein Weihnachtsbaum an der Kasse ihres Kaufhauses. Die glänzende Tasche muss auch von ihr sein.
Martina sitzt und trinkt. Der Moderator redet höflich weiter. In den Reihen hinter Martina sitzen zwei Deutschleistungskurse. Sie dreht sich zu ihnen um.
Glaubt der da oben nichts, Kinder, die hat schon immer die Dinge schöner erzählt, als sie wirklich sind. Als wir zwei so alt waren wie ihr, sagt sie, da war die da oben ganz wild auf Bodenturnen und Deutschaufsätze. Turnen wird sie wohl nicht mehr. Ich frage mich, ob sie mittlerweile von ihrem Schreiben leben kann. Was meint ihr?
Der Moderator neben mir nennt mein Geburtsjahr.
Stimmt nicht, ruft Martina dazwischen, die ist zwei Jahre älter, ich weiß das, wir sind der gleiche Jahrgang, zusammen getauft und eingeschult worden, sind also praktisch Zwillinge, oder?
Sie schaut mich an und trinkt einen Schluck. Muss ja mal gesagt werden! Wie stehe ich sonst da. So, als sei ich zweimal sitzen geblieben, bis zum Abitur …

Martina hat gar kein Abitur gemacht. Auf dem Rücksitz des Motorrads ihrer rothaarigen Freundin, der die einzige Autowerkstatt in S. gehörte, hat sie zwei Jahre davor die Stadt verlassen.
Prost, sagt Martina und ist schon längst betrunken.
Ich schweige.
Schweigen, das kenne ich schon, sagt sie, und der Moderator verlässt das Podium, fasst sie beim Ellenbogen und zieht sie vom Stuhl hoch, um sie aus dem Raum zu führen. Um sie höflich aus meinem Leben zu führen?
Den Weg zurück nimmt sie wieder als Catwalk, sie, ein schwarzer Rabe auf einem Laufsteg ohne Steg. Die letzten Schritte bis zur Tür geht sie allein.
Ohne diese Frau würde ich heute mein Leben nicht verstehen.
Und geht sie wirklich dort drüben allein aus dem Raum?
Nicht ganz.
Ich schaue genau hin. Erst sind sie zu zweit, dann drei, dann fünf Frauen, die die Stille im Raum vor sich herschieben Richtung Ausgang. Von hinten schauen sie alle ein wenig zerzaust aus, und kurz bevor die Tür hinter ihnen zuschlägt, sind wir vollzählig: Martina, Ina, Liz, Ellen R., die Frau im dünnen grauen Mantel und ich.

Als ich am nächsten Vormittag am Bahnhof Kiel zum Zug gehe, riecht es auf dem Vorplatz nicht nach Pommes. Die Bude auf Rädern ist geschlossen.
Der Himmel über mir – ratlos.

Kantine acht

Erzählen ist wie Rapsduft, hat Eva K. soeben gesagt, hat dabei gelacht und plötzlich so jung ausgesehen. Tests an toten Rehen haben ergeben, dass sie noch tagelang auf Rapsduft reagieren – also, sagt sie, erzähl mir was von deiner neuen Geschichte. Das hält mich am Leben! Was wird es denn, dein neues Buch, Erzählung oder Roman?

Was wird es denn, Junge oder Mädchen, mache ich ihren Tonfall nach.

Das überhört sie. Sie sagt: Zu schreiben ist einfach schön, oder, es gibt einem das Gefühl, etwas gearbeitet zu haben.

Wieso, schreibst du etwa auch?

Würdest du wissen, antwortet Eva K., schließlich bist du hier die Erzählerin, und weißt du eigentlich, dass du bei diesem Licht hier aussiehst wie ich?

Wie, so alt?

Alles eine Frage der Perspektive, sagt sie, nimmt ihre Flasche Kirschlimonade vom Linoleumboden, hängt ihre Wolljacke über die Lehne des Stuhls gegenüber und setzt sich zu mir an den freien Tisch. Draußen auf der Terrasse fällt Schnee auf Schnee. Einen schönen guten Abend, flüstert in dem Moment eine höfliche Frauenstimme über unseren Köpfen, es ist noch eine Stunde bis Vorstellungsbeginn.

Ich schaue hoch. Die Ansage der Inspizientin weht leise und klar wie von einer Stimmgabel aus dem Lautsprecher über uns und verbindet Bühne und Kantine. Die Inspizientin trägt wahrscheinlich wie alle Inspizientinnen eine fusselige Strickjacke. Im Hintergrund vernehme ich eine weitere Frau. Sie summt, dann singt sie: Die Liebe, die von Zigeunern stammt / fragt nicht nach Recht, Gesetz und Macht, / liebst du mich nicht, bin ich entflammt. / Und lieb ich dich … Der Gesang öffnet ein Fenster in der Zeit. Die

Habanera, die kenn ich von damals, als Liz auf unserem Küchentisch in S. zum weiblichen Torero wurde. Ohne Musik, aber begleitet vom Rhythmus ihrer Füße, wedelte sie mit dem geblümten Trockentuch und sang. So verblüffend schön war das, dass ich mir die Ohren zuhielt und schrie, hör auf, hör sofort auf damit …

Bitte die Damen und Herren vom Chor auf die Bühne, antwortet jetzt das laute Flüstern der Inspizientin auf meine Erinnerung, von der ich bis eben nicht wusste, dass ich sie noch hatte.

Der Garten von Johannes R. Becher

Wir passieren auf dem Weg von S. nach Westberlin die Grenze bei Helmstedt. Es ist das Jahr 1976, und wir sind kurz vor dem Abitur. Die Mädchen sind still, als die Transportpolizisten der DDR mit ihren Bauchläden für Transitvisa wie uniformierte Hausierer von Abteil zu Abteil gehen. Bei den Jungen verändert sich die Persönlichkeit. Sie setzen verspiegelte Sonnenbrillen auf und reden laut darüber, dass es in der DDR keine Ölsardinen gibt. Am Bahnhof Zoo steigen wir nach fast zehn Stunden Zugfahrt aus. Wo tun die eigentlich diese Tonnen von Transitvisa-Papier hin?, fragt mich meine Freundin Bee.

Eine knappe Woche später, am vorletzten Tag der Fahrt, macht die Klasse einen Tagesausflug nach Berlin/Ost, Hauptstadt der DDR. Gleich am Übergang Friedrichstraße setzen Bee und ich uns ab. Es wird Abend. Im Eingang eines Hutgeschäfts tausche ich Klamotten mit einer Frau. Ihre Augen unter Lidstrichen sind Schmetterlinge. Kann ich deine Jeans haben, hat sie mich auf der

Reinhardtstraße gefragt. Ich bekomme dafür ihren grauen Rock. Er hat aufgesetzte Taschen, der Stoff ist rau und kratzt wie Moskau an meinen nackten Beinen. Ich weiß, das Bild stimmte nicht, aber das Gefühl.
Während ich noch im Eingang des Hutgeschäfts lehne und in eine der Rocktaschen greife, verschwindet die Frau, und ich habe ein abgelutschtes Bonbon an den Fingern kleben. Die, wird Bee später sagen, die sah doch aus wie diese Nina Hagen, oder?

Im August 1983 stehe ich wieder am Übergang Friedrichstraße. Es ist morgens 6.00 Uhr. Mit mir warten Hunderte von Leuten, die über die Grenze wollen, und ich stehe ganz am Ende der Schlange. Um 10.00 Uhr muss ich in Dresden sein. Ich habe ein Monatsvisum für den Sommerkurs an der Palucca-Schule, der Hochschule für modernen Tanz in der DDR. Ich spreche einen Grenzer in meinem Alter an und mache dabei ein unglückliches Gesicht.
Palucca-Schule? Er schaut amüsiert zurück.
Schon klar, wie eine klassische Ballerina sehe ich nicht gerade aus. Schon klar, er glaubt mir die Sache mit dem Tanz nicht, winkt mich aber an der Schlange vorbei, bis ich ganz vorn stehe und vor einem älteren Kollegen meinen Koffer öffnen muss. Trikots, Schläppchen, Strümpfe, Haarspangen, Schokolade, Apfelshampoo. Ganz schön aufgerüstet, die Kleine, sagt der Ältere zu dem Jungen und stößt ihm den Ellenbogen mehrmals gegen die Brust, bis der Junge endlich mit rotem Kopf befiehlt: Los, weitergehen! Wenige Minuten später erreiche ich meinen überfüllten Zug. Als ich am Hauptbahnhof Dresden wieder aussteige, rieche ich nach dem Zug. Nach DDR eben. Dass Ina, Ingrid Siepmann, Terroristin, Bankräuberin im weißen Hosenanzug und einmal in S. meine Babysitterin, zur selben Zeit auch in der DDR gewesen sein soll, erfahre ich sieben Jahre später. Mit Unterstützung des Ministeriums für Staatssicherheit sind Anfang der Achtziger zehn Leute aus

dem Umfeld der RAF mit falschen Identitäten als Buchdruckerin, Arzt, Maschinist oder wohl auch bei VEB Modedruck in der DDR gelandet und geblieben. Als die Liste der Enttarnten 1990 veröffentlicht wird, ist Inas Name dabei.

1986 feiere ich den 17. Juni, meinen Geburtstag, mit den Freunden in Berlin/Ost. Mitternacht muss ich zurück im Westteil sein. Kurz vor dem Grenzübergang Moritzplatz, wo immer weniger los ist als an der Friedrichstraße, bleiben zwei meiner Freunde vor einer großen Pfütze stehen. Sie haben mich herbegleitet. Der eine ist klein, schon älter, hat die Haare mit Seife zurückgekämmt und die Jeans umgeschlagen. Der andere ist groß und melancholisch, ist ein Alain Delon für Arme – also für mich. Die zwanzig Minuten, die ich wegen ihm zu spät zur Grenze komme, kann ich auch mit einem Sprung über die große Pfütze nicht mehr einholen.
Tagesvisum abgelaufen, stellt der Grenzer fest.
Ich drehe mich zu den Freunden um, zärtlich irgendwie. Die beiden Silhouetten jenseits der Pfütze winken. Die kleine winkt heftiger.
Sie sind zwanzig Minuten zu spät, sagt da der Grenzer, was man in zwanzig Minuten nicht alles machen kann, oder? Wo sind denn nun die Liebhaber besser? Im Westen oder im Osten?
Sein Ton hat sich geändert.
Ich gebe die richtige Antwort und darf gehen.

Meine schöne, privilegierte Freundin Monika M. aus Pankow hat die Erlaubnis bekommen, sich für tausend Tage im Westen niederzulassen – für märchenhafte tausend Tage. Ich soll sie zur Ausländerbehörde begleiten, wo sowohl Bürger der DDR als auch andere aus dem Ausland ihre Aufenthaltserlaubnis verlängern oder ein Visum abholen können. Monika M. ist bei all ihren Besuchen im Westen nervös. Vor allem im KaDeWe stolpert sie über

jede Schwelle, jede Fußmatte. Es regnet heftig, als wir an der Friedrichstraße 219 ankommen. Zwischen einer Tür aus Holz und einer Tür aus Glas beugt sich meine schöne Freundin mit hochgezogenen Schultern zum Sprechfensterchen des Pförtners.
Wo bitte kann ich …?
Der Pförtner aber zeigt auf mich, auf meine Haare, die vom Regen nass und noch schwärzer sind als sonst.
Mit Ihrer Türkin da müssen Sie in den dritten Stock.

Kurz nach der Wende ziehe ich für Monate nach Pankow, an den Majakowskiring im *Stillen Städtchen*. Um unter sich zu sein, hat hier einmal die Führungselite der DDR gewohnt, bis sie nach Wandlitz umzog. Ein freundlicher Herr vom Kultursenat gibt mir die Schlüssel zur Villa Grotewohl in Pankow. Sie steht leer, und ich bin wohnungslos.
Es ist das Jahr 1991. Eigentlich wohne ich gern auf der *Roten Insel* in Schöneberg: Hinterhaus, zweiter Stock, mit Ofenheizung auf allen Etagen, Bordell im Vorderhaus. Der Hausflur mit grünem Marmor und Messing war einmal prächtig. Jetzt riecht er nach Männerpisse. Zwei Stockwerke über mir in der Dachwohnung im Hinterhaus wohnt die älteste Nutte mit ihrem alten Schäferhund. Seine Pfoten höre ich gern jede Nacht über das Linoleum des Treppenhauses tappen. Seinem Frauchen habe ich meinen Kohlenkeller als Domina-Studio überlassen. Sie hat den *Spiegel* abonniert und leiht ihn mir regelmäßig aus. Ja, gern habe ich in dem Mietshaus auf der *Roten Insel*, diesem Eck zwischen drei S-Bahn-Strängen, gewohnt – so gern wie Marlene Dietrich und Marianne Rosenberg auch. Aber der Betreiber des Bordells hat sich eines Tages in einen Investor verwandelt, hat sich meinen Wohnungsschlüssel besorgt und während einer meiner längeren Abwesenheiten mit der Sanierung losgelegt. Bei meiner Rückkehr von einem Besuch in S. sind alle Zwischenwände herausgerissen.

Das Klo steht anstelle eines Nachttischs neben meiner Matratze. Statt einer Tagesdecke bedeckt Bauschutt mein Bett. Kurz ziehe ich zu Marianne Rosenberg. In der Diele vor unseren zwei Zimmern lagern ihre Autogrammkarten in Kartons. Für mich bleibt wenig Platz, und so nehme ich gern die Einladung in die Grotewohl-Villa an.

Morgens kommen, wie vor der Wende, sechs Angestellte. Sie machen sauber, was nicht schmutzig ist. Nachts höre ich bisweilen ein Geräusch aus einer anderen Zeit, das versucht, keins zu sein. Eines Morgens tritt die Jüngste aus der Putzkolonne neben mich. Sie legt wie ich die Stirn ans Panoramafenster, das nach hinten raus geht. Leise sagt sie: Da drüben, da ist noch der Garten von Johannes R. Becher, um den sich keiner mehr kümmert …

Einmal in der Woche gehen ältere Autoren vom Schriftstellerverband der DDR in den Keller und schwitzen in der Sauna. Sie würdigen mich keines Blicks. In einem Dachzimmer, in dem kurz Irmtraud Morgner lebte, bevor sie starb, bin ich mit meinen zwei Koffern und dem Anfang eines Romans über Liebe, Revolution und Wladimir Majakowski untergekommen.

Mittags mache ich im *Städtchen* die immer gleiche Runde, als hätte auch ich einen alten Schäferhund. Egon Krenz sehe ich in Trainingshosen vor seinem Flachbungalow fegen, und die Witwe Ulbricht kann ich hinter den geschlossenen Vorhängen ihrer weißen Villa erahnen. Gegen Mitternacht schalte ich oft das Radio ein, das auch einmal für Irmtraud Morgner gespielt haben muss. Ich putze die Zähne. Der Moderator sagt, dass man ihn im Studio anrufen soll, damit er einem die Liebe oder den philosophischen Zusammenhang zwischen Sozialismus und Spaghetti erklären kann. Eines Nachts liest er eine Postkarte vor, die er aus Nizza bekommen hat: Hier ist es schön, aber nicht so schön wie um Mitternacht am Radio mit dir, lieber Kuttner.

Wo der Garten der Grotewohl-Villa an den Zaun von Becher grenzt, steht zwischen einem Magnolienbaum und zwei Birken eine Schaukel in Betonschuhen. Als die Magnolie zu blühen beginnt, wohne ich noch immer in Pankow. Alle Telefonanschlüsse im Haus sind tot, aber der Apparat an einer Wand der ehemaligen Großküche funktioniert. Egal, welche Vorwahlen ich dort wähle, die Drehscheibe verbindet mich mit der ganzen Welt. Mit meinen Eltern in S., mit Methusalem in Schöneberg, mit Bee und sogar mit New York. Manchmal ruft die Welt auch zurück, meldet sich auf Spanisch, Russisch oder in einer Sprache, die ich nicht kenne. Diese Welt aber will nicht mich sprechen, wenn sie in Grotewohls Küche anruft. Antworte ich höflich auf Englisch, wird aufgelegt.

Eines Abends sitze ich in Otto Grotewohls ehemaligem Wohnzimmer vor seinem Fernseher, und er, der ehemalige Vorsitzende der SED, spricht aus einer Doku zu mir. Am Tag zuvor habe ich hinter seinem Schrank ein großes Bild von Erich Honecker hervorgezogen. Der gerahmte Honecker leistet mir auf dem Sofa Gesellschaft, während Grotewohl über die Führungselite der DDR sowie über die Zusammenlegung von SPD und KPD redet. Honecker hört reglos, ich höre ratlos zu. Die Tür zum angrenzenden Bad ist angelehnt. Boden wie Wände sind mit nachtblauem Veloursteppich tapeziert. Das ist unhygienisch, unwirklich, unglaublich. Wieder höre ich vom Garten her ein Geräusch. Ich gehe ans Fenster, lege die Hände als Scheuklappen an die Schläfen und starre in die Dunkelheit. Ist da jemand? Nein, da drüben, wenige Schritte hinter der Schaukel, ist nur noch dieser andere Garten, um den sich auch keiner mehr kümmert. Für einen Moment bin ich ganz allein auf der Welt.
Ich schleiche in mein Dachzimmer und drehe den Schlüssel zweimal um – obwohl ich ganz allein bin auf der Welt.

Ein Schriftstellerkollege aus Charlottenburg kommt mich mit seinem Dealer und dessen Kampfhund in der Villa besuchen. Sie koksen in Otto Grotewohls Wohnzimmer und spielen Tischtennis auf dem langen weißen Esstisch. Der Hund schiebt sein Maul in jede Ecke. Als sie spät ein Taxi rufen, kommt der Fahrer nicht bis zur Villa, sondern wartet hundert Schritte entfernt am alten Kontrollpunkt zum *Städtchen*. Er zeigt immer wieder auf eine hochgeklappte Schranke, während wir auf ihn zukommen. Hier durfte ich noch nie rein, warum sollte ich da jetzt reinfahren, murmelt er, als die beiden mit Hund hinten in seinen Wagen einsteigen.

Im Sommer 1991 lese ich aus meinem zweiten Romanprojekt in Klagenfurt. Niemand versteht den Majakowski in meinem Text, der über seinen gewaltsamen Tod sagt: *Wir haben zu dritt geschossen, Lenin, Stalin und ich.* Der Roman stirbt an Klagenfurt und atmet erst viel später in einem Theaterstück für das Berliner Ensemble wieder auf. Nach diesem Wettbewerb will ich eigentlich gar nicht mehr schreiben, obwohl ich gerade erst damit angefangen habe. Ich vermisse meine erste Jugend am Ende der zweiten. Als ich einen Monat später Pankow mit meinen zwei Koffern wieder verlasse und zurück in meine sanierte Wohnung in Schöneberg ziehe, gebe ich im Garten der Grotewohl-Villa eine Abschiedsparty. Zwei Tänzerinnen spielen Federball, bis das weiße Ding rüberfliegt in den Garten von Johannes R. Becher. Ratlos stehen sie am Zaun und schauen in einen alten Raum. Eine Katze schleicht dort ums Haus, dreht sich immer wieder misstrauisch und anmutig nach den Zaungästen um. Bevor sie verschwindet, glaube ich den Klumpen Hoffnung zu sehen, den sie mit sich um die Ecke zieht.

Kurz vor der Jahrtausendwende: Bei dem Empfang des deutschen Botschafters in Stockholm kommt ein Mann wie ein Quadrat quer durch den Raum auf mich zu. Ich weiß nicht mehr,

warum ich dort war, aber ich erinnere mich, wie die Menschen auseinandertraten, um ihn und sein kariertes Jackett durchzulassen. Dann steht er vor mir. Ich wollte Sie schon immer einmal kennenlernen, sagt er. Ich suche nach dem Grund dafür zwischen den großen Karos seines Jacketts. Er zeigt auf das Revers. Gauck, sagt er, Gauck wie die Behörde. Noch einmal tippt er auf sein Namensschild.
Wollen Sie sich nicht mal Ihre Akte anschauen?
Komm, lass uns tanzen, bettelt ungeduldig der Mann an meiner Seite, der auch sonst zu mir gehört, und zieht mich am Oberarm auf ein Rondell aus Stäbchenparkett.

Viele Jahre später.
Milchiger Seetag.
Zeit der Gurkenernte.
Weinmeisterweg, Sacrow, nahe bei Potsdam.
Ein Rasensprenger rhythmisiert die Stille. Mit dem Bus ist man von Sacrow aus in einer knappen Stunde wieder zurück am Bahnhof Zoo. Ein Mann hinter dem Zaun zum Nachbarhaus mäht den Rasen, als zöge er in den Krieg, während die Katze des Hauses, das ich gerade hüte, in meinem Bücherkoffer liegt und schnarcht. So schönes Wetter, so schönes Wetter – und ich bei allem noch dabei, denke ich in diesem schönen Juli 2018. Sacrow war während der deutschen Teilung eine Exklave, die über nur eine Zugangsstraße erreicht werden konnte. Der Ort stand unter besonderer Bewachung der Grenztruppen und des Ministeriums für Staatssicherheit. Tags drauf mäht der Mann aus dem Nachbargarten nicht den Rasen, sondern bringt Gurken. Die Ernte ist reich, zu reich in diesem Sommer, und alles kann man ja nicht den Hühnern geben, sagt er. Ich nenne ihn den Gurkenmann.

Ob der Gurkenmann Lothar Hennig kannte? Lothar und ich kannten uns nicht, doch was mit ihm in direkter Nachbarschaft des Gurkenmanns geschah, habe ich an einer Gedenkstele in Sacrow gelesen, als ich dort auf einen Bus nach Berlin wartete.

Lothar wuchs in Sacrow auf. Am Nachmittag des 4. November 1975 ist er als Inoffizieller Mitarbeiter zu einem Gespräch mit seinem Führungsoffizier in Potsdam verabredet. Ich höre an dem Nachmittag in S. Schulfunk und mache – über den Küchentisch gebeugt – meine Hausaufgaben. Lothar hat längst andere Aufgaben. Er geht auch nicht mehr zur Schule, sondern arbeitet bei der PGH Autoservice Potsdam und ist drei Jahre älter als ich. Nach dem Gespräch mit dem Führungsoffizier betrinkt sich Lothar in einer Gaststätte, während ich und Bee den Rosentee in meinem Zimmer zu lange ziehen lassen, denn ich habe Kurvendiskussion, Nullstellen und Wendepunkte auch nach Bees drittem Erklärungsversuch noch nicht verstanden. Lothar fährt an jenem späten Novembernachmittag, an dem er und ich noch sehr jung sind, betrunken mit dem Bus heim und läuft schnell die letzten Meter bis zu seiner Haustür. Es ist bereits dunkel bei ihm dort im Osten, in Sacrow. Auch vor dem Fenster meines Zimmers in S. dämmert es. Hier wie dort lassen die Leute ihre Rollläden über den Tag, der noch nicht ganz Abend ist, herunterrasseln. Lothar läuft. Seine Eile fällt einem Grenzposten auf, und der beugt ein Knie und legt das Gewehr an. Der erste Schuss fällt, und in der Stille danach fällt mir in der Küche meiner Mutter Liz ein rohes Ei für den Pfannkuchenteig herunter.
Bee lacht.
Ein zweiter Schuss fällt.
Stopp, sagt Bee, nicht so viel Zucker!
Der Schütze nähert sich Lothar und geht neben ihm jetzt auf beide Knie, um Erste Hilfe zu leisten. Warum eigentlich behaupte ich

diese Nähe zwischen einem Lothar Hennig aus der DDR und mir aus der BRD? Alle Geschichten gehören irgendwie zusammen. Gegen 1.30 Uhr ist Lothar Hennig im Armeelazarett Drewitz innerlich verblutet, während ich bereits im Klappbett schlafe. Über meinem Kopf hängt ein Foto von Jane Birkin mit kurzen Haaren und Jeans, in deren Bund sie lässig ihre linke Hand schiebt. Die Jahrzehnte vergehen, in Sacrow, Berlin und überall, Jahrzehnte, in denen es alles gibt, was es gibt: Veränderung, Himmel und Hölle, Verstehen, Mutlosigkeit, Hass auch, und dann doch wieder die Liebe, wenn eine alte endet und die neue auftaucht. All das hat der junge Mann aus Sacrow, der an einem Abend im November einfach nur schnell nach Hause wollte, nicht mehr gehabt. Noch mal: Jedes Ereignis hat seine seltsame Wirklichkeit darin, dass es auch ganz anders hätte geschehen können?

Ein windstiller Tag im Hochsommer.
Ein Vogel leiert sein Lied.
Nebenan gackern die Hühner des Gurkenmanns. Sie haben auffällige Federfrisuren. Der Gurkenmann sitzt abends mit seiner Frau an ihrem Käfig. Die Feuerschale brennt. Die Hühner schlafen längst, aber die Partystimme der Frau, die aussieht wie eine Katze auf zwei Beinen, kräht bis zu mir herüber.
Wir gehen heute aus, sagt sie, wir fahren nach Potsdam, zu McDonald's, denn die Restaurants von früher, die gibt es ja nirgends mehr. Vor Jahren, da war alles hier anders?

Die Metzgersfrau weiß es, der Postbote hat einen zu aufrechten Gang, und ich frage mich, was war der Elektriker?

Der Gurkenmann war einmal Elektriker, erfahre ich eines Tages, ohne danach gefragt zu haben. Hat zu DDR-Zeiten den Grenzzaun zwischen Ost und West gewartet. An dem Tag, an dem ich zurück in die Stadt gehe, hat er vor seiner Garageneinfahrt ein wackliges Tischchen mit einem ersten, kleinen Kürbis, ein paar Tomaten und natürlich Gurken aufgestellt. *Aus eigener Ernte* steht auf einem handgeschriebenen Schild. *Bitte zum Mitnehmen.*

Fünf Jahre später, in Kreuzberg. Wir sitzen an einem langen Tisch. Die zwei Kinder der Freundin sind noch wach. Sie spielen mit einem Luftballon. Im Ofen brennt Feuer. Es ist Montagabend, und auf den Straßen glitzert Eis. Der vom Späti ist gestern direkt vor unserem Haus in ein Loch gestolpert und hat sich den Knöchel verstaucht, sagt die Freundin.
Die Dresdener Straße ist auch die älteste Straße Berlins, sagt ihr Mann, daran liegts wohl. Er steht auf und geht den Tee holen, der schon zu lange gezogen hat. Vielleicht dreihundert Schritte von hier war einmal der Grenzübergang Moritzplatz. In meiner Erinnerung stehen dort noch immer zwei Silhouetten vor einer großen Pfütze und winken mir über die Zeit hinweg zu.
Der Mann der Freundin stellt den Tee auf den Tisch, der mit seinem Kopfende an ein großes Fenster stößt, das nicht nach vorn zur Dresdener Straße, sondern nach hinten schaut. Wir sind im vierten Stock. Die Nacht zwischen dem neuen Vorderhaus hier und den noch neueren Hinterhäusern drüben scheint undurchlässiger zu sein als anderswo. Dort war einmal der Todesstreifen, menschenleer, windig, trocken. Die Mauer fiel, und der Todesstreifen wurde zur Zone für Bäume und Sträucher, die sich selbst aussäten. Manchmal zuckten die Pflanzen mit den Zweigen, ohne dass ein Wind ging. Manchmal standen ein paar Schuhe unter einem Baum, die nicht zueinanderpassten. Manchmal lag im Gelände ein größerer Stein, mit dem man Mitleid haben musste – bis dann die Bagger kamen, sagt der Mann der Freundin.
Um den Tee zu verdünnen, holt er heißes Wasser und setzt sich neben mich. Unter der Dresdener Straße, sagt er, verläuft wohl

eine alte U-Bahn-Linie. Sie wurde Anfang des 20. Jahrhunderts ein Stück weit gebaut und dann aufgegeben. Er zeigt auf das Fenster auf der anderen Seite, das auf die Dresdner Straße schaut. Dort steht ein Stutzflügel neben der offenen Küche.
Da, unter der Erde, wäre die Station Döblin-Platz gewesen, also der nächste Halt nach Moritzplatz, sagt er.
Genau da also, wo der vom Späti in das Loch getreten ist, frage ich, was will denn der Geisterbahnhof damit sagen? Dass es da unten alles noch gibt, was es mal gab? Menschenleere Bahnsteige, an denen Grenzer patrouillieren im Notlicht, das kränklich von den grünen Kacheln zurückstrahlt? Aufgeschüttete Kohleberge vor zugemauerten Aufgängen nach draußen und Aushänge an einem für immer geschlossenen Kiosk – einer verkündet den Sieg der Volksrevolution, der andere lädt zum Fußball-Länderkampf ins Walter-Ulbricht-Stadion ein? Ja, es gibt alles, was es gibt, sagt der Mann der Freundin nickend, und ich frage, also dann gibt es auch die zwei Richtungsweiser unter dem Stationsschild Döblin-Platz? Auf dem einen Richtung Westen steht feindwärts, auf dem anderen Richtung Osten freundwärts, und all das wird für immer gewesen sein?
Der Mann der Freundin schenkt mir Tee ein.

Kantine neun

Leise jubelt Eva K. *Springtime, Springtime*, während sie ihrer Strickjacke über der Lehne des Kantinenstuhls zulächelt. Was für ein Vorrat an Leben liegt in dem Wort. Liegt in der Luft. Mein Gott, diese Frau fängt jetzt richtig an zu erzählen. Ein roter Strich zieht sich über den Sattel ihrer Nase. Ist sie verlegen oder nur aufgeregt?

Weißt du, hat Eva K. soeben gefragt, was für ein Versprechen so ein schöner Tag Ende April sein kann, weil er sich anfühlt wie Juni, nur weil man verliebt ist? Jedes Jahr nach Ostern, sagt sie, fuhren wir, die Maria und ich, diese Strecke an der Moldau entlang, und jedes Mal war die Lust am Leben und dieses Hochgefühl von Springtime mitten im Böhmerwald wieder da. Früher, sagt sie, haben die Maria und ich an derselben Mädchenschule Englisch unterrichtet. Nach der Pensionierung sind wir sofort zusammengezogen, haben beide Namen auf den Anrufbeantworter gesprochen und nachts in einem Bett geschlafen, mein Fräulein Rottenkolber und ich. Anfangs, da waren wir noch gar nicht alt. Als wir uns kennenlernten, war ich zweiundvierzig und wohnte noch bei meiner Mutter in der ersten Etage über eurer Wohnung in diesem rosa Altbau. Eines Morgens hat sie, die Neue, also mein Fräulein Rottenkolber, im Lehrerzimmer neben der Kaffeemaschine gestanden. Zuvor hatte sie an einer Jungenschule unterrichtet. Wegen ein paar obszöner Zeichnungen in der Raucherecke, unter denen Fotzenkolber stand und: Hatt du Möhrchen, mutt du reinstecken, wechselte sie zu unserer Mädchenschule.
Sie kenne ich ja noch gar nicht, habe ich an dem Morgen zu ihr gesagt.
Das wird sich jetzt ändern.
Wer sind Sie denn?
Rottenkolber mein Name.
Angenehm.
Das wird sich noch zeigen.
Zum ersten Mal hat sie mir da dieses gewisse Lächeln geschenkt, das ich so oft nachmachte, bis ich in meinem Gesicht spürte, wie die Maria sich wohl von innen anfühlt.
Eva K. nimmt ihre Wolljacke von der Rückenlehne des Stuhls und zieht sie über. Der Strich über ihrer Nase hat die Wangenknochen erreicht und wird Rouge.

Sie und das Fräulein Rottenkolber haben im Herbst vor acht Jahren das Auto abgeschafft, den letzten von vier weißen VW Käfern im Leben der Eva K. Anfangs haben sie noch den Bus hinunter ins Zentrum von S. genommen. Bei Glatteis bestellten sie aber immer häufiger ein Taxi. Immer dasselbe. Wegen des Wetters, behauptete das Fräulein Rottenkolber. Wegen des Alters wussten beide. Es kam immer derselbe Fahrer, immer im schwarzen Anzug. Er war im Iran geboren. *Ali Baba*, nannte Eva K. ihn. *Schah von Persien*, sagte das Fräulein Rottenkolber, und Eva K. wurde eifersüchtig. Der Schah von Persien namens Ali Baba brachte die beiden zum Arzt, zur Fußpflege, zur Kirche, ins Konzert und manchmal zum Friedhof. In seinem schwarzen Anzug goss er für sie die Gräber und wartete danach im Einkaufscenter breitbeinig neben dem breitbeinigen Kerl von der Security, dass die beiden Fräuleins an der Kasse wieder auftauchten. Wenn er die Großeinkäufe im Kofferraum verstaute und dabei lächelte, wie Männer wegen Frauen lächeln, deren Hormonhaushalt noch stimmt, so sagt Eva K., waren wir zwei gepflegten Eidechsen schwer verliebt.
Jamais deux sans trois, sage ich.
Genau, sagt Eva K., deswegen übte mein Fräulein Rottenkolber auch mit seinem jüngsten Sohn französische Grammatik, und weißt du, was ich eines Tages gesagt habe, kaum dass dieser Nachhilfeschüler die Tür hinter sich zuzog? Der ist so schön, habe ich gesagt, den müsste man vertonen. Hübsch jedoch war mein Fräulein Rottenkolber auch – und sie war so anders als die anderen im Lehrerzimmer, ohne es zu wissen.
LehrerInnenzimmer, sage ich leise.
Eva K. überhört die Korrektur. Mit der Hand fährt sie die Leiste ihrer Wolljacke entlang und zählt die Knöpfe. Alle vollzählig, alle da, wie die Vögel auf einer Friedhofsmauer.
Ich habe sie geliebt, sagt sie, egal, wie dünn ihre Haut oder das gefärbte Haar mit der Zeit geworden sind, egal auch, wie oft sie am

Ende über ihren eigenen Schatten fiel und ich ihr nicht mehr helfen konnte.
War sie die andere Lehrerin, die damals immer mit ins Theater kam?
Genau, wenn eine Karte übrig war, bekam mein Fräulein Rottenkolber sie, waren zwei übrig, warst auch du mit dabei.
Wir schweigen.
Bis Eva K. sagt: Jetzt, wo wir hier so sitzen, da fällt mir auf, man weiß immer erst im Nachhinein, dass das, was man gerade erlebt, ein Stoff zum Erzählen ist. Denn wer sagt schon, Achtung, jetzt erlebe ich gerade eine Geschichte …

Bee

Gleich nach dem Abitur gehe ich fort aus S. und bald jede Nacht ins Kino. Träume von anderen nehmen mich an die Hand und führen mich zurück in meine eigenen. Sitze ich im Dunkel eines Kinosaals, erinnere ich mich an das Kind, das ich eben noch war, und ahne: Erinnern und Vergessen gehören zueinander wie Hefe und Teig. Ich ahne: Die Kamera ist nicht vom Schlüsselloch, sondern vom Kinderwagen aus erfunden worden. Im Kino verliere ich die Distanz zu meinen eigenen Wünschen. Denn ich bin neunzehn und lebe etwas, das nie wiederkommt. Steige ich am Ende eines Films auf mein Rad, beichte ich mir Sünden, die ich noch gar nicht begangen habe.

Köln-Braunsfeld liegt in Radentfernung zur Innenstadt und den Kinos dort.
Ich studiere und wohne zur Untermiete. Wenige Schritte von der Haustür entfernt ist in der Woche zuvor am 5. September 77 ein deutscher Arbeitgeberpräsident namens Hanns Martin Schleyer entführt und später im Kofferraum eines Audi 100 erschossen aufgefunden worden. Auch mein Vater Leo fährt einen Audi 100. Meine Vermieterin in Braunsfeld riecht nach Kölnisch Wasser und verliert kein Wort über die RAF, Schleyer und den Audi 100 im Grenzgebiet zu Belgien, aber viele Sätze über die Notwendigkeit, die eigene Klorolle von der Gemeinschaftstoilette mit ins Zimmer zu nehmen, damit sich die zwei anderen Studentinnen auf meiner Etage nicht an fremdem Eigentum bereichern können. Mein Dachzimmer in Braunsfeld ist eine ehemalige Dienstmädchenkammer und acht Quadratmeter groß. Ich teile sie mit dem Schreibtisch in der Fensternische, einer Pritsche beim Einbauschrank und einem Kühlschrank mit Kochplatte darauf.

Es sterben die Leute in Stammheim. Ich denke an Ina und stelle mir vor, sie lebt irgendwo in einer Trabantenstadt, anonym und unsicher.

Am Morgen nach der Todesnacht in Stammheim sitze ich in der Juristenkantine der Universität Köln. Die Nachrichten laufen laut im Radio. Gefunden hat man die Gefangenen Raspe, Ensslin, Baa-

der und Möller erhängt, erschossen und angestochen mit einem Anstaltsmesser. Das Messer ist ein abgerundetes mit Wellenschliff. Wer bringt sich denn mit so was um, werde ich mich später fragen? Nur jemand, der längst zur Dunkelheit gehört, aber fürchtet, dass es noch dunkler wird?
Jetzt aber ist Frühstückszeit in der Juristenkantine. Der Mann, mit dem ich die Nacht verbracht habe, will Anwalt werden und wählt FDP. Ich studiere Literaturwissenschaften im ersten Semester. Wir streiten. Noch immer laufen im Radio die Nachrichten. Als sie zum Ende und zum Wetter kommen, haben wir uns bereits getrennt, dieser Mann und ich. Wegen Stammheim, werde ich mich später fragen, oder weil er aus den Haaren nach Brisk roch? Während ich die Kantine mit lauter Gedanken im Kopf verlasse, die mich nicht verstehen, drehe ich mich unter der Tür noch einmal um. Waren da nicht gedämpfte Pistolenschüsse? Eine Frau mit weißer Haube hinter dem Büfetttresen schlägt Eier am Rand eines Plastikbehälters auf. Doch das war es nicht. Es war ein Golf GTI, der mit defektem Auspuff versucht hat, unter dem geöffneten Fenster in die Gänge zu kommen.

Ich lerne in den darauffolgenden Monaten einen anderen Mann kennen und dann noch einen. Mit dem gehe ich nach Berlin, an einem sehr grauen Novemberspätnachmittag tragen wir unsere wenigen Möbel in eine dritte Etage, Hinterhaus Kreuzberg. Am Landwehrkanal vor der Tür stehen so schöne schlanke Buchen überall. Das abgesägte Tischchen aus S. ist nicht mitgekommen. Der Mann und ich haben kein Geld. Er hadert mit sich, vernachlässigt sein Sportstudium, joggt am Kanal vor der Haustür entlang und backt nachts um 4.00 Uhr Käsekuchen. Ich bewerbe mich im Klinikum Mariendorfer Weg als Hilfskrankenschwester. Morgens um 6.00 Uhr fange ich an, mit Frotteewaschlappen die Gesichter von alten Damen zu reinigen, dann die Ohren, Hals, das

Dekolleté, Achseln, Arme, Hände, Brust, Bauch und Geschlecht sowie Schenkel und Füße. Dabei kann ich das leise Schneien im Kopf dieser Frauen hören, deren Leben vergeht in einer Stimmung, die sie am Ende nur noch mit den Bäumen vor dem Fenster teilen. Auch hier stehen so schöne schlanke Buchen überall. Ein Krankenhauspraktikum habe ich zwischen Ende Schule und Anfang Studium aus Liebe gemacht. Wegen Bee. Bee hat sich, ohne jede Wartezeit einhalten zu müssen, in Düsseldorf für Medizin eingeschrieben, und ich wische am Mariendorfer Weg Nachttische und Hintern ab. Später einmal wird das hier kein Krankenhaus mehr sein. Obdachlose und einige andere werden auf den leer stehenden Stationen einziehen. Bei einer illegalen Party wird jemand im einstürzenden Altbau Feuer an den Dachstuhl legen.
Ich telefoniere fast jeden Tag mit Bee. Aus der Zelle vor meiner Haustür rufe ich sie in einer vor ihrer Haustür an, deren Nummer sie mir auf einer Postkarte mitgeteilt hat. Telefonieren wir abends, höre ich, dass sie getrunken hat.

Ich gehe weiterhin so oft wie möglich ins Kino. Im Kino gewesen, geweint, hat Kafka gesagt. Ich bewerbe mich beim Berliner *Tagesspiegel* und bekomme einen Job. Filmkurzkritiken. Freitags nach den späten Vorführungen tippe ich unter Zeitdruck meine 30 Zeilen à 60 Anschläge in die Maschine. Ich übe mich im Schreiben, für wenig Geld und im Wettlauf mit der Zeit. Bis morgens um drei verfasse ich knappe poetische Berichte über Filme wie *Shogun/Das Imperium schlägt zurück/Irezumi – Die tätowierte Frau/Heller Wahn/Der subjektive Faktor/Die schöne Gefangene/Tage im Hotel/Mueda. Erinnerung und Massaker/Die Berührte* … Egal, ob es regnet oder schneit, nehme ich, müde, samstagmorgens früh das Rad zum Redaktionsbriefkasten auf der Potsdamer Straße. Wenige Häuser weiter habe ich einmal ein Haus mit besetzt und auch einen Stein geworfen, weil die Frau neben mir einen Stein warf. Warum schreiben Sie eigentlich, wird man mich in gut zehn Jahren in einer Stadtbücherei am Rand des Ruhrgebiets fragen. Ich habe soeben aus meinem ersten Roman vorgelesen. Haben Ihre Eltern Sie dazu gezwungen? Hat nicht Ihr Freund das Buch geschrieben? Muss man eigentlich schreiben, wenn man so aussieht wie Sie? Den Mann, mit dem ich nach Berlin gegangen und in die Hinterhauswohnung Kreuzberg, Paul-Lincke-Ufer, gleich am Landwehrkanal, gezogen bin, verlasse ich für einen nächsten. Für Methusalem.

Der Verlassene aber studiert weiter Sport und nimmt es auch sportlich mit der Trennung, sagt, was willst du denn mit so einem, der so kleine Hände hat? Dann montiert er in der Wohnung die Spiegel ab, die er nur für mich aufgehängt hat, und geht.

Bee zieht nach Berlin, und ich habe das Gefühl, ich bin leichter geworden. Alles, was ich begreife, scheint auch etwas zu sein, das getan werden will. Es ist nicht wichtig, was man aus Bee und mir gemacht hat, es ist nur wichtig, was wir aus dem machen, was man aus uns gemacht hat, oder?

In einem besetzten Haus am Anhalter Bahnhof haben Bee und ich Anfang der Achtzigerjahre Alexander Kluge kennengelernt. In einem Ladenlokal unten im Haus hat er seine Filme gezeigt. Bee und ihre Katze Else waren kurz zuvor bei der Hausbesetzung Potsdamer Straße und ich bei der Besetzung einer Villa in Steglitz dabei. Die Räumung der Villa stand bereits wenige Tage später an, und ein Einsatztrupp von sechs Polizisten suchte mich aus, als die Jagd begann. Ich rannte in einen Hauseingang, schrie die Telefonnummer meines Anwalts zwei verschlossenen Etagentüren zu und ging am Ende des Flurs in die Hocke. Sie schlugen mich, bis der Einsatzleiter Stopp! befahl und mich am Kragen meiner Lederjacke hochzog. Schaut mal, ein Mädchen! Mit links zog er seinen rechten Handschuh aus und ohrfeigte mich. Das hätte selbst

mein Vater nicht gewagt, Sie Bulle, sagte ich und wurde abgeführt. Auf dem Rückweg durch den Flur öffneten sich die zwei Etagentüren einen Spalt. Ich weinte.
In privaten Lebensläufen lagern sich mit aller Macht der Gefühle nicht nur traurige Geschichten ab, sondern auch Geschichte, sagte Kluge nach der ersten Filmvorführung im Ladenlokal des besetzten Hauses. Wir wissen viel mehr, als wir verstehen, auch von den Grundfesten unseres Staates, in denen Leichen eingemauert sind, von denen die Überlebenden schweigen, aber die Toten offen reden.
Bee stieß mich an, und ich boxte zurück.
Als Kluge anfing, seine unmethodischen Methoden zu beschreiben, lernte ich etwas fürs Leben. So wenigstens hätte es meine Großmutter Elisabeth genannt. Innerhalb einer Szene, sagte er, gebe er plötzlich den Text des Skripts für das Ensemble frei, sodass vor der Kamera etwas geschehen könne, das noch fiktional sei, doch zugleich die Rolle mit persönlichen Erfahrungen fülle. Wollte ich zu so einem Ensemble gehören?
Etwas wird so sichtbar, sagte Kluge.
Was denn, fragte ich mich, aber wusste bereits die Antwort – wusste sie nur noch nicht zu sagen.
Gegen Mitternacht zogen wir um auf das Dach des besetzten Hauses. Der ältere Kluge und wir Jungen sprachen dort, Nähe Mauer und Anhalter Bahnhof, darüber, worauf man vertrauen, wie man sich schützen und was man fürchten müsse und dass das einzige Eigentum, das alle von uns besitzen, die Lebenszeit ist.
Und die Libido, fügte Kluge mit einem Blick aus schweren, sanften Augen hinzu.
Am Ende jener Sommernacht waren Bee und ich wieder einmal in denselben Mann verliebt.

Jahre zuvor: Bee und ich sind auf Rollschuhen unterwegs. Nach Monika, Marjam und Martina ist Bee seit Jahren die Nummer eins in meinem Leben. Vor allem sonntags, dem langweiligsten aller Tage. Wir wollen einfach nur weg. Mit ihren Eltern fährt Bee jedes Jahr in den großen Ferien an die Nordsee. Amrum, schreit sie mir jetzt ins Ohr, da suchen sie für nächste Ostern Hilfskräfte, soll ich uns in dem Caritasheim anmelden? Die Rollschuhe rattern und rasseln unter unseren Füßen, und in meinen Ohren rauscht bereits das Meer. Ja!, schreie ich zurück. Wir sind fünfzehn und gleiten über die B 7. Sie ist normalerweise sehr befahren, aber heute leer. Bei der nächsten Ausfahrt hoffen Bee und ich, mit unseren Rollschuhen auf die alte Handelsstraße B 1 Richtung Königsberg abbiegen zu können. Wir fliegen Hand in Hand auf der Überholspur. Bee findet die Ölkrise gut, und ich war noch nie am Meer.

Sechsundzwanzig Kinder im Alter zwischen drei und sieben bekommt jede von uns an Gründonnerstag 1974 in Obhut. Es ist das Jahr nach der Ölkrise. Eine Fachkraft mit Hausmeisterkittel und einem bitteren Zug um den Mund weist uns ein.
Wie alt seid ihr?
Neunzehneinhalb, lüge ich nicht das einzige Mal in meinem Leben, und diesmal wird niemand sagen, ich soll wiederkommen,

wenn ich wirklich einmal neunzehneinhalb bin. Morgens punkt acht müssen die Kinder aus dem Caritasheim mit Müsli gefüttert und regenfest angezogen sein, um bei jedem Wetter am Nordseestrand krabbeln und buddeln zu können. Verloren gehen, ertrinken oder beim Heimkommen ein Brotmesser auf dem Tisch finden, soll am besten keins. Als nach dem ersten Tag alle Kleinen kurz nach sieben im Bett liegen, höre ich von fern die Wellen, ein Kommen und Gehen. Hat man das Meer, fehlt einem nichts, nicht mal die Sehnsucht, habe ich immer geglaubt. Ist aber nicht so. Ein deutsches Ostern am nördlichen Meer ist ganz anders, als ich es mir vorgestellt habe. In der ersten Nacht weint es aus fast jedem Stockbett. Ich tröste eine Fünfjährige aus Bochum. Sie sieht wie meine tote Cousine Ela aus. Nachts wird bis auf eine Notbeleuchtung im ganzen Haus das Licht ausgeschaltet. Alle Kinder pinkeln ins Bett, weil sich keines im Dunklen aufs Klo traut. Denn überall lauern Gespenster. Manche nehmen die Stimme des Winds an, der sich gegen eine Hauswand stemmt. Manche tarnen sich als plötzlicher Temperaturabfall oder kommen aus einem geöffneten Schrank, um fies und filzig als Spinnweb über ein Gesicht zu fahren. Manche lachen auch am Ende eines langen Flurs, wenn sie die Angst spüren, die man vor der eigenen Angst hat. Solche Heime kenne ich schon, sage ich zu Bee, als wir in unserem Zimmer ein letztes Brot von daheim teilen. Es ist unser erster und zugleich vorletzter Abend.
Nach zwei Tagen kündigen Bee und ich den Job. Die offizielle Version lautet: rausgeflogen. Bis zum Tor läuft mir die Fünfjährige aus Bochum hinterher, die wie Ela aussieht. Ich nehme sie auf den Arm und habe danach eine Bisswunde in meiner Windjacke. Aus der nächsten Telefonzelle rufen Bee und ich zu Hause an. Leo ist nicht da. Liz sagt: Dann kommt eben zurück. Bees Eltern legen nach den ersten Sätzen auf. Der Vater spricht mit Versagern grundsätzlich nicht. Die Mutter weint. Aber sie weint auch, wenn ihr ein

Ei kaputtgeht. Bee umarmt mich vor der Telefonzelle. Nicht so fest, sage ich.
Wir ziehen für ein paar Tage in die Jugendherberge und hoffen, diese Gnadenfrist wird nie ein Ende haben. Abends spazieren wir am Meer entlang. Bee fotografiert den Sonnenuntergang und sagt, ich glaube, ich will Fotografin werden. Ich finde am nächsten Abend auf der Promenade ein Stück Kreide und schreibe auf eine rote Mauer das Wort GELB. Bee macht ein Bild davon. Kunst, sagt sie. Wir lachen.
Am Ende der Promenade steht ein altes Hotel leer. Der Wind pfeift ohne Begabung um das verlassene Haus. Möwen schreien. Ich will durch ein zerbrochenes Fenster einsteigen. Bee sagt: Lass das, bleib hier. Ich glaube, da drinnen sind Gespenster. Gespenster? Jetzt lache nur ich. Mein Vater Leo ist seit Längerem eins. Zurück von einer Reise, schenkt er mir am Abend eine Platte von Leonard Cohen oder Jimi Hendrix, obwohl das nicht sein Geschmack ist. Am Morgen darauf ist er schon wieder verschwunden. In der Küchenspüle liegt ein Messer mit Leberwurst an der Klinge: Leo was here.

Durch die zerschlagene Scheibe steige ich allein ins Hotel und stehe in einem Saal mit kleiner Bühne für ein Tanzorchester. Sonst gibt es kein Mobiliar. Nur ein Bataillon von Milchkännchen starrt mir von einer Anrichte aus entgegen. Alle haben den Schnabel Richtung Meer gehoben. Hinter sechs Bogenfenstern ist das Wetter grau, und die Sonne sieht aus, als hätte sie eine schwere Kindheit gehabt. Auf der meerabgewandten Seite mündet der Saal in eine breite Freitreppe. Über einen roten Sisalläufer steige ich in den ersten Stock. Den Zimmern dort rechts und links des Gangs stehen die Türen offen, und alles kommt mir so unheimlich wie bekannt vor. Hier, wo sich Plumeaus ohne Bezug über nackten Matratzen wälzen, bin ich schon einmal gewesen? Die Treppe zur zweiten Etage ist aus hellem Holz. Die Zimmer dort machen sich unter schrägen Decken klein. Am Ende des Flurs verdunkelt das Poster eines Filmschauspielers oder Schlagersängers eine Dachluke. Auch der Mann auf dem Foto kommt mir bekannt vor. Aber sehen nicht alle so aus, wenn sie vergilben? Und, fragt Bee, als ich durch die zerschlagene Scheibe zurückklettere.

Es roch nach Staub und Leder, sage ich.

Tatsache? Erzähl. Sie kaut Kaugummi.

Die Leute glauben gern Geschichten, die behaupten, wahr zu sein. Geschichten aber sind so wahr, wie die Leute aufrichtig sind, die sie erzählen, sage ich.

Wie bitte?

Eigentlich war es wie im Film.

Dann fass dich kurz! Bee kaut heftiger, du warst keine zehn Minuten weg, ich mag das nicht, wenn Leute einen Film länger nacherzählen, als er gedauert hat.

Tatsächlich war es wie in einem guten Film, Bee, versuche ich es noch einmal.

Was ist denn bitte ein guter Film?

Einer, bei dem nicht die Handlung wichtig ist, sondern das Gefühl, das man beim Zuschauen hat.

Manno, sagt Bee, wo kommst du denn her?

Wir gehen am Strand entlang, zurück zur Jugendherberge. Eines Tages werden wir im gleichen Tempo Kinderwagen schieben, werden bereits Ärztin oder Lehrerin sein, uns mit Leuten vertragen oder nicht und unsere Leben ungestüm führen – oder auch nicht.

Und wieso kennst du dich mit solchen Heimen aus, fragt Bee plötzlich, nein, endlich fragt sie das genau in dem Moment, als wir zu der Stelle kommen, wo wir zwei Kinder eben noch am Strand auf viele andere Kinder aufgepasst haben.

Auch jenes Heim vor fünf Jahren wurde von der Caritas betrieben. Wir sind in einem Bus über endlose Landstraßen dorthin gefahren, an denen stur einzelne Häuser standen. Als ich vier Wochen später, zurück in S., aus dem gleichen Bus stieg, war ich noch immer zehn, aber eine bleiche, übermüdete, verlauste, verstummte und dünne, gewalttätige Person geworden, die im Schlaf um sich trat. Meine Großmutter Elisabeth holte mich ab. Vor Schreck schlug sie die Hand vor den Mund und vergaß, sie wieder wegzunehmen. Nachmittags kämmte sie mir vor dem Ofen die Läuse aus den Haaren. Klack-Klack machten ihre sesamkornkleinen, öligen Leiber auf dem Zeitungspapier, und Elisabeth fragte: Was ist mit dir, was hast du denn?
Ich sah den Läusen beim Sterben zu.

Die Frau, die vier Sommerwochen im linksrheinischen Caritasheim auf uns aufpassen soll, ist zwanzig und lässt uns in der ersten Woche morgens wandern. Nachmittags planschen wir in einem Sandsteinbecken. Die meisten von uns haben schwarzes Turnzeug statt Badesachen an. Das schmutzige Wasser reicht den anderen zur Hüfte und mir bis zu den Enden meiner Zöpfe. Ich bin die Einzige, die ein Badekostüm trägt. Der Anzug mit Röckchen hat die gleiche Farbe wie die Augen meiner Mutter – flaschengrün. Die Frau, die auf uns aufpassen soll, lacht viel, und manchmal kreuzen sich unsere Blicke. Liz und ich schauen flaschengrün zurück. Abends laufen wir vor dem Schlafengehen noch einmal zum Waldrand und spielen das Pfänderspiel. Die Frau, die auf uns aufpassen soll, stellt Fragen. Wer dran ist und keine Antwort weiß, muss ein Kleidungsstück ausziehen. Wer Socken hat, ist im Vorteil. Haarspangen und Brillen gelten nicht – auch meine Zahnspange nicht. Ein Junge mit abstehenden Ohren sitzt als Erster in Unterhose im Gras. Dann sitzen wir alle in Unterhosen wie die Hasen da.
Wir frieren.

Wie hieß die Hündin, die als Streunerin in den Straßen Moskaus aufgegriffen wurde und als erstes Lebewesen ins Weltall flog? Die Frau, die auf uns aufpassen soll, schaut mich an. Luzie, frage ich leise. Laika, sagt sie, und jetzt die Hose. Ich lächle, stehe auf und bleibe gleichzeitig sitzen, um mir selbst zuzuschauen, wie ich in einer strahlend weißen Unterhose auf den schwarzen Waldrand zulaufe und dort im Schutz der Tannen, im Herz der Finsternis unsichtbar werde. Einstellung minus ein zwei Blenden, wird Bee fünf Jahre später sagen, und der Wald wird zur dunklen Maserung. In der Maserung wärst du damals verschwunden, aber könnte auch alles geträumt gewesen sein. So bist du ja.

Mit fünf älteren Mädchen teile ich im Heim das Zimmer, aber sie leben in einer anderen Welt. Nachts öffnen sie das Fenster, weit, weit, und Besuch kommt. Jungen aus dem Dorf legen sich zu ihnen. Die Betten um mich herum wackeln. Will einer zu mir, halte ich ihm wie ein Kruzifix meine Puppe entgegen. Er setzt sich dann auf meine Bettkante, sieht den anderen zu und lässt mit einer Hand zwischen seinen Beinen auch mein Bett wackeln.
Die Frau, die im Kinderheim der Caritas auf uns aufpassen soll, wünscht sich in der dritten von vier Wochen eine Modenschau. Am Abend davor holt sie mich auf ihr Zimmer. Auf dem Bett liegt ein roter Nylonunterrock. Am Tag drauf bin ich krank. Vor dem geöffneten Fenster des Krankenzimmers blühen Sonnenhut und Zinnien. Wo hast du denn den roten Nylonunterrock her, fragen Sonnenhut und Zinnie, und warum sitzt du so bleich mit einem Dekolleté, das bis zum Bauchnabel hängt, auf der Bettkante. Wer hat dir denn das Haar geöffnet, und warum hältst du es so vor der Brust zusammengerafft? Damit es dir schwarz in deinen Schoß regnen kann …
In der vierten der vier Wochen meiner Kinderlandverschleppung verstecke ich mich hinter einer Krankheit ohne Diagnose im Zim-

mer bei den Zinnien. Meine verklebten Haare jucken und riechen modrig, wenn ich mit den Fingernägeln hindurchfahre, die weich sind wie Makrelen. Als ich das Zimmer wieder verlasse, um in den Bus zurück Richtung Heimat zu steigen, bin ich unausgeschlafen und unruhig wie nie zuvor.

Drei Tage sind Bee und ich noch in der Jugendherberge auf Amrum geblieben, haben dünnen, aber frisch gebrühten Kaffee mit Erdbeermarmeladenbroten gefrühstückt und abends Pommes oder Bananensplit gegessen. Bevor uns die Zähne ausfallen konnten, hat mein Vater Leo telefonisch Geld für die Rückfahrt angewiesen.

Als wir von der Fähre in den Zug Richtung Ruhrgebiet wechseln, holt Bee einen Roman und eine Dose Bier aus ihrem Rucksack, trinkt und blättert in einem Buch, ohne zu lesen, und schaut aus dem Fenster, ohne was zu sehen.

Auf dem Gang vor unserem Abteil raucht ein junger Mann. Bee geht zu ihm und fragt nach einer Zigarette. Sie ist größer als ich, größer als andere Fünfzehnjährige und weint sogar, wenn sie nicht weint. In meinen Augen sieht sie an dem Tag so schön verheult aus wie Romy Schneider. Am geöffneten Fenster gibt der junge Mann ihr Feuer. Sie kommen sich nah, als er gegen den Fahrtwind die Hand um ihre wölbt. Wenn er sie jetzt fragen würde, sie würde JA sagen zum Heiratsantrag eines Unbekannten. Alles ist im Moment vorstellbarer als eine Rückkehr ins Esszimmer der Eltern, das sie mit dem kleinen Bruder für die Nacht teilt. Er, im Klappbett, sie, auf einem gelben Sofa. Als wir in S. aussteigen, ist nur Liz am Bahnhof. Leo ist unterwegs in Süddeutschland, Bees Eltern sind nicht gekommen. Wir nehmen Bee mit zu uns. Abends ruft Liz bei ihnen an. Ich bringe Bee zu Fuß nach Hause. Ein überfahrener Igel liegt in der Gosse, als wir in die Neubausiedlung beim Friedhof einbiegen, wo Bees Familie wohnt. Einsam und verlassen wie ein

ganzes Dorf des Nachts im Schnee, so läuft sie neben mir her. Der Vater redet ein halbes Jahr kein Wort mehr mit ihr, und Bee geht immer häufiger zu den Großeltern. Der Vater ihres Vaters war einmal Verkehrspolizist, dann bei der Gestapo. Nach dem Krieg wurde er aus seiner Tonne an belebten Wuppertaler Kreuzungen ans Fließband einer Fabrik für Kinderbälle versetzt.
Bee hat diesen Gestapo-Opa, ihren Opa Kakao, geliebt, mit der Zärtlichkeit einer Betrunkenen, die einen Laternenpfosten umarmt.

Ich will wirklich Fotografin werden, sagte Bee zwei Jahre vor dem Abitur und kündigte mir und Eva K. in Liz' Küche an, die Schule verlassen zu wollen. Mit Abitur könntest du sogar Fotografie studieren, antwortete Eva K. und setzte sich auf den Tisch. Ich konnte ihre Kniestützstrümpfe sehen. Sie schlug die Beine übereinander – eine weise Frau, die lächerlich aussah.
Dass du in deinem Alter Fotografin werden willst, Bee, verstehe ich. So ein Foto verlängert die Geste eines Kindes, das mit dem Finger auf etwas zeigt und schreit: Das da, genau das ist es. Und Kinder seid ihr beide noch, ihr zwei!
Eva K. hatte die Beine in die andere Richtung übereinandergeschlagen, und ich nahm mir in dem Moment vor, mich umzubringen, sollte ich eines Tages Stützstrümpfe tragen müssen.
Bee beschloss, doch Abitur zu machen, nachdem Eva K. sie über die weiteren Vorteile einer Hochschulreife aufgeklärt hatte. Mach Abitur, Mädchen, hat sie am Ende ihrer Küchentischrede gesagt, mach bloß Abitur, sonst musst du noch Fotomodell werden statt Fotografin.

Nach dem Abitur färbte Bee sich die kurzen aschblonden Haare pechschwarz, zog in ein Dachzimmer in Düsseldorf und studierte, was ihr der Notendurchschnitt vorschrieb: Medizin. Sie trank

viel, telefonierte viel aus der Zelle vor der Haustür und schlief viel – meiner Ansicht nach mit jedermann. Manchmal, wenn sie Hunger auf ein Gefühl hatte, das sie noch nicht kannte, öffnete sie das Fenster, vielleicht weil sie hoffte, eine gute Nachricht träfe ein oder ein lieber Besuch. Sie wartete. Aber warten, das kannte sie schon. Bald langweilte sie sich, nahm ein Ei und warf es aus dem Fenster. Im Hochsommer 1978, als die Hitze zwischen ihrem Schlafsofa, Tisch und Bierdosenkühlschrank brüllend in ihrem Dachzimmer stand, legte sie die Arme auf das Fensterbrett und schaute zu, wie das Ei auf einem heißen Vordach vier Stockwerke unter ihr zu brutzeln anfing und zum Spiegelei wurde.
Haben Bee und ich eigentlich später noch daran gedacht, wie wir uns einmal unser Leben vorgestellt hatten, als sie noch in der Siedlung beim Friedhof und ich neben der leer stehenden Fabrik im Osten der Stadt wohnte?
Wollten wir denn nicht zusammen und gleich nach dem Abitur in eine große Stadt gehen, am besten nach Berlin, um in einem riesigen Zimmer einen langen Tisch mit zwölf Stühlen aufzustellen. Für Freunde. Für Gäste.
Und was ist mit Kindern, fragte ich in der letzten Klasse Bee eines Tages auf dem Schulweg.
Sind auch nur Gast im Leben, sagte sie.

Dann sind wir Anfang dreißig. Bee kommt mich über Nacht besuchen. Um zu schreiben, habe ich mich in Baden-Baden in der ehemaligen Pension Aurelius auf halbem Hang eingemietet. In jedem Zimmer gibt es ein Waschbecken und ein schmales Bett, das bei feuchtem Wetter nach Stall riecht, weil die Matratzen aus altem Stroh sind. In der Wohnung nebenan wohnt wie ich auf Zeit eine Barpianistin. Die Rezeption der ehemaligen Pension benutze ich als Wohnzimmer. In einem Holzkarteikasten habe ich dort die Anmeldezettel von Hans Leip und Elly Ney gefunden. Leip

hat *Lili Marleen* geschrieben, und Ney hat als Volkspianistin die NSDAP-Mitgliedsnummer 6 088 559 gehabt. In dieser Pension verstecke ich mich in zwei winzigen Zimmern hinter meiner Schreibmaschine vor dem Berliner Theateralltag, den Methusalem ohne mich weiterorganisiert. Auf einer Reiseschreibmaschine, Marke Olympia, tippe ich meinen ersten Roman: *Wahl der Waffen*. Ich schreibe ihn auch für die schüchterne Verlegerin im Faltenrock, aber vor allem für meine Hauptfigur im weißen Hosenanzug, für Ina, die Königin der Roten Berge. Bee, mein Übernachtungsbesuch, liest mir aus dem Manuskript vor. Sie hat an jenem Abend wieder zu viel getrunken. Sie trinkt seit Langem zu viel. Bevor sie sich müde auf den Weg in eins meiner winzigen Zimmer macht, zeige ich ihr die Anmeldezettel von Leip und Ney. Sie zeigt auf mich: Und du mit deiner Cohen-Bernstein-Fresse, so spricht es aus ihr mit schwerer Zunge, du wirst eines Tages noch froh sein, wenn du dich bei mir auf dem Hängeboden verstecken kannst, und ja, jetzt schau nicht so!
Wie schau ich denn?
Wie ein Schaf.
Bee zielt auf mich, sagt Peng und fügt an: Die Knarre löst die Starre, hast du doch selbst geschrieben. Ich bleibe im Sessel hocken, als sie verschwindet. Sie schließt die Tür hinter sich ab, und ich ziehe die Knie an den Bauch. Auf dem Rezeptionstresen der ehemaligen Pension stehen unsere Weingläser. Die Flasche ist leer. Hat sie all die Jahre, die wir uns kennen, gedacht, dass ihre Freundin nicht das westfälische Gesicht hat, das man in S. so oft sieht? Hat sie sich wegen mir heimlich geschämt?
Was gilt von unserer Freundschaft noch, wenn sie von Anfang an etwas Unfreies hatte, das ich nicht bemerkte?

Kurze Zeit später haben Bee und ich uns aus den Augen verloren, aber neulich erst habe ich von ihr geträumt. Sie trug ein grünes Kleid, war schwanger, und es ging ihr gut.
Was davon stimmte, als ich aufwachte.
Das grüne Kleid, wahrscheinlich.

Kantine zehn

Ein Hund streunt am Kantinentisch von Eva K. und mir vorbei und trägt ein blinkendes LED-Collier. Er bleibt stehen, als sie sagt: Manchmal habe ich mir vorgestellt, die Maria hätte es schon früher in meinem Leben gegeben.
Der Hund legt den Kopf schräg, als würde er die Maria kennen. Eva K. greift ihm zwischen die Ohren, und er nimmt bei uns Platz. So sitzen wir zu dritt. Eine spricht, zwei hören zu. Eigentlich fehlt nur noch ein Lagerfeuer in unserer Mitte. So hat das Erzählen einmal angefangen? Jemand entwirft Innenwelten, und die, die zuhören, sehen dabei den Strahl einer Taschenlampe durch ein dunkles Zimmer streifen, der manchmal auch auf einen Teil der eigenen Biografie trifft.
Ja, sagt Eva K., frag mal den Hund hier, wie gern ich schon in den Sechzigern eine Tanzstunde mit der Maria besucht hätte – und zwar die im Fernsehen. An Samstagnachmittagen konnte man dort alles, was Mode war, also auch den Twist, umsonst lernen. Wunderbar, wunderbar, hätten wir beide gerufen, dafür braucht man gar keinen Mann! Ich hätte die Brille abgenommen und den Teppich in meinem Zimmer zusammengerollt, während die Maria, Mitte zwanzig, langes, offenes Haar und mager wie eine Sechzehnjährige, bereits auf den frei gelegten Holzdielen mit ihrer

Körpermitte zu kreisen beginnt. Let's twist again, rufe ich lauter als der Tanzlehrer im Fernsehen, der einen viel zu engen Anzug trägt. Let's twist again!!! Ich schnippe mit den Fingern, und die Maria fängt an, mit den Knien zu schlottern …
Ich schaue meine Fingernägel wie schmutzige Fußnägel an. Das tun sonst nur Schauspielerinnen, die den Text nicht parat oder keine Haltung haben, die ihnen Halt gibt. Hörst du mir eigentlich noch zu, fragt Eva K. jetzt mit diesem Wissen im Gesicht, wegen dem sie im schwerfälligen, missgünstigen S., aus dem wir beide stammen, wahrscheinlich nie einen Mann gefunden hat.
Sie starrt mich an.
Noch 45 Minuten bis zur Vorstellung, flüstert die Inspizientinnen-Stimme aus dem Lautsprecher über uns, Beleuchtung bitte zur Bühne und die Herren Hegemann und Hegel von der Dramaturgie bitte ins Foyer zur Einführung.
Na, und wie heißt du denn, Zadek vielleicht? Wieder greift Eva K. nach dem Kopf des Hundes, laust ihn zwischen den Ohren, auch wenn dort keine Läuse sind. Sanft schlägt er mit dem Schwanz gegen das Linoleum des Kantinenbodens. Als sie die Hand zurückzieht, steht er auf, streckt die Vorderläufe weit von sich und dehnt den Rücken, so wie ich es beim Yoga vom Herabschauenden Hund kenne. Dann gähnt Zadek – wahrscheinlich weil auch er in dieser Haltung das Finanzamt von S. vor sich sieht, wie es schräg gegenüber dem Bahnhof liegt, an dem die schnellen Züge immer durchfahren. Bei der Ankunft fällt es hässlich ins Auge und bei der Abreise noch einmal, falls man sich umdreht.
Sich umzudrehen nach dem Finanzamt von S. – richtig, das kann aber nur mir passieren …

Vom Schreiben wirst du nicht leben können

Nachdem ich mich zu dem Dichter vom Gunzenbachhof und dem Dichter aus Berlin/Ost gesetzt hatte, schwiegen wir gemeinsam. Unter freiem Himmel, nur wenige Schritte von der Bank entfernt, spielten ein paar alte Männer mit hüfthohen Figuren Schach. Der Himmel über uns war blau und sehr weit oben. Der Dichter vom Gunzenbachhof stand als Erster auf und sagte: Gestern habe ich Harald Juhnke vor dem Grand Hotel Brenners gesehen. Barfuß in Lackschuhen?, fragte Heiner Müller. Der Dichter vom Gunzenbachhof nickte, wünschte uns Frohe Weihnachten und ging stadtauswärts die Allee entlang. Er ging wohl zurück in seine psychiatrische Klinik, um dort im biblischen Duktus weitere Verse gegen jeden Krieg zu verfassen. An einem der folgenden Tage würde eine neue Ausgabe seiner engagierten Lyrik auf den Alleebänken liegen. Heiner Müller und ich blieben noch eine Weile auf unserer Bank und schwiegen. Es war kalt, doch nicht so kalt wie in Berlin, wo es seit Jahren überall zog, seitdem die Mauer weg war. Wir schwiegen zu zweit. Dass ich ihn erkannt hatte und dass mein Schweigen nur ein Auszug aus einem längeren Text war, konnte ihm egal sein. Neben ihm lagen drei Tageszeitungen.

Ich war vor zwei Jahren auf Zeit ins Haus auf halbem Hang gezogen. Die ehemalige Pension Aurelius lag oberhalb der psychiatrischen Klinik Gunzenbachhof. Draußen vor den Fenstern hatten seitdem die Schneeglöckchen, die Primeln, der Liguster, die Glyzinie, der Schmetterlingsflieder und die Astern geblüht. Später fiel Schnee, aber verschloss sich im Februar darauf nicht gegen eine nächste Generation Schneeglöckchen. Jedes Pensionszimmer war acht bis zehn Quadratmeter klein. Alle hatten ein Waschbecken und rochen nach den Gästen, die nicht mehr kamen, rochen nach

Haferschleim, Lavendel, Talkpuder oder Trockenshampoo. Ums Haus herum summte der Schwarzwald. Ich war gern in Baden-Baden, auch wegen Rudi Dutschke. Vor über zwanzig Jahren hatte er dort aus der Konzertmuschel vor dem Kurhaus zu einem grauhaarigen teils verängstigten, teils empörten Publikum gesprochen, das an dem Nachmittag lieber dem *Radetzkymarsch* gelauscht hätte. Immer wenn ich an der Muschel vorbeiging, dachte ich an die zwei Rudis in meinem Leben, von denen der eine religiöser Marxist und Aktivist und der andere mein Wellensittich gewesen war. Ich schrieb an einem nächsten Buch. Das neue Manuskript glich äußerlich seinem Vorläufer: ein zusammengeklebtes, immer wieder und mehrfarbig durchkreuztes Etwas aus unterschiedlichem, beidseitig beschriebenem Papier, das einer Wandzeitung ähnlicher sah als einem Romanentwurf. Das Farbband meiner mechanischen Reiseschreibmaschine, Marke Olympia, war pünktlich zum Monatsende verbraucht. Das Korrekturband auch.

Als Kind bin ich oft in Baden-Baden gewesen. Wir reisen nach Paris, habe ich gedacht, wenn Leo, Liz und ich erst in einem blauen und wenige Jahre später in einem roten Käfer dorthin fuhren, wo französische Polizisten den Verkehr auf der großen Kreuzung vor der Post regelten. Niemand nannte sie Besatzer. Leo, Liz und ich aßen auf der Autohaube Quiche und liefen danach die Allee entlang. Liz auf hohen Schuhen. Eine Kleinstadtzigeunerin eben, der Männer und Frauen aus unterschiedlichen Gründen hinterherschauten. In Baden-Baden hat mein Vater Leo angefangen, meine Mutter Liz zu betrügen. Hätte sie geschrieben, ihre Romane hätten immer den gleichen Titel, aber in Fortsetzung gehabt: Du fährst zu oft nach Baden-Baden I/II/III/IV/V. Aber sie hat nicht geschrieben. Dass beim Erzählen die schlimmsten Katastrophen einen Sinn bekommen, wusste sie nicht, und ich konnte es ihr noch nicht sagen. In Baden-Baden habe ich im Parkhotel Brenners zum ersten Mal an einer Bar gesessen und meine Kniestrümpfe bis auf die Schuhe hinuntergerollt. Bei mir saß an jenem Abend Leo ohne Liz. Er sprach mit einer fremden Frau auf dem Hocker neben sich, während ich mir den nächsten alkoholfreien Cocktail bestellte und mit der Frau hinter der Bar plauderte, die aber mit jedem Satz nur zu ihm, meinem Vater, hinüberredete. In Baden-Baden habe ich ein Vierteljahrhundert später und ohne Kniestrümpfe wieder dort gesessen. Die Barpianistin kannte ich. Sie wohnte neben mir im Haus auf halbem Hang, oberhalb der Psychiatrie Gunzenbachhof. Sobald sie sang, hörten die Gäste auf zu sprechen, und wenn sie beim Applaus sich bedankte, fiel es ihrem flirrenden Blick schwer, irgendwen genauer zu fokussieren. Sie lächelte in den braungoldenen Raum der Nachtbar hinein, und ich war mir sicher, Sheila meinte mich.

Date 1. Er wartet an einen Wagen gelehnt bei einer Tankstelle. Es ist Montagnacht. Er sei Architekt, hat er ihr bei der Verabredung am Telefon gesagt. Während sie im Leerlauf vorbeirollt, mustert sie ihn durch das Seitenfenster des Wagens, den sie geborgt hat, und sagt sich: Los, Sheila, gibt Gas!
Der Peugeot gehört mir.

Date 2. Er ist witzig und macht Lust auf ein Treffen, als sie sich telefonisch verabreden. Auch das Finanzielle stimmt. Aber dann ist er nur ein mickriges Männchen vor einem Café namens König, das geschlossen hat. Bleibt nur meine Wohnung, gleich um die Ecke, sagt er, denn der Rest der Stadt ist an diesem Abend wie immer montags eine Wüste. Er sei Professor, hat er am Telefon gesagt. Bevor er die Schuhe auszieht, holt er ein Buch aus dem Regal und schiebt den Briefumschlag für sie hinein. Im Bett zählt sie mit, bis er fertig ist. Dann verschwindet er im Bad. Während sie sich wieder anzieht, fällt ihr Blick auf das Cover des Buchs. Der

Name des Autors ist derselbe wie der Name auf dem Klingelschild an seiner Tür. Der Briefumschlag aber ist leer. Als er zurückkommt, riecht er nach Mundwasser, trägt einen Schlafanzug, hat das Gesicht eingecremt, kriecht zurück unter seine Bettdecke und murmelt: Schreib mir die Kontonummer auf, ich überweise. Und sie darauf: Moment mal!

Date 3. Ihre Dusche daheim in der ehemaligen Pension Aurelius hat wie immer zu wenig Druck auf dem Strahl. An dem Abend ruft Sheila mich spät noch einmal an: Komm rüber, ich habe eine weitere Montaggeschichte für dich. Montags arbeitet sie, eigentlich Barpianistin, nicht im Brenners, sondern für einen Escortservice in Baden-Baden. Wie ein Bauarbeiter pfeife ich zur Antwort in den Hörer, und wie zwei Zugvögel, die bereits eine ähnliche Strecke zurückgelegt haben, sitzen wir wenig später im Frühstückszimmer der Pension. Am Ende ihrer aktuellen Montaggeschichte vom Professor mit dem Mundwasser sagt Sheila: Ich glaube übrigens nicht, dass du vom Schreiben einmal wirst leben können, auch wenn ich dir weiter so gutes Material liefere.
Ich lache. Mag sein, sage ich.

Sheila kam aus Schottland, ich aus S. am Rand des Ruhrgebiets. Beide waren wir zwischen regennassen Häusern aufgewachsen. Sie mit Sommersprossen, ich ohne. Gern lieh sie sich meinen alten Peugeot aus, wenn sie nicht zu Fuß zu einem ihrer Dates gehen konnte. Durch Agenturvermittlung reiste Sheila alle paar Monate in ein anderes Hotel und durch Escort-Vermittlungen in verschiedene Betten. Im ehemaligen Frühstückszimmer unserer Pension auf halbem Hang schob sie mir in jener Montagnacht einen DIN-A4-Flyer über den Tisch. *Villa Ascona und EN CASA AGENTUR/Vereinbarung über die Vermittlung als Begleitperson im Freizeitbereich: Die VP wird von der Agentur als Begleitperson*

im Freizeitbereich an Personen gegen ein Entgelt vermittelt. Der Service umfasst nicht die Vermittlung sexueller Kontakte. Das Entgelt geht auf das oben genannte Konto der Agentur. Die VP erhält 50 % laut oben genannter Preisliste.
Und, fragte Sheila, kannst du dir das vorstellen? So ein Job wirft mehr als nur Geld ab.
Was noch?
Geschichten eben.
Da kann ich ja gleich zur Telefonseelsorge gehen!
Sheila lachte und schrieb die Telefonnummer einer Astrid für mich auf.

Wir führen mehrere Leben?
Der Zusammenhang ist schwach zwischen der
die ein Kind in weißen Kniestrümpfen war
und der
die ich jetzt bin.
Das Seltsame an der Wirklichkeit ist
sage ich wieder und wieder –
dass jedes Ereignis auch ganz anders hätte stattfinden können.

Astrid öffnete mir die Tür, die in meiner Erinnerung grün ist, und sagte: Komm rein. So früh am Tag hatte die Villa Ascona noch keine Kunden.
Du bist also die Freundin von Sheila. Willst du was trinken?
Astrid trug eine schwarze Kostümjacke, schwarz wie ihr Haar, das sie straff nach hinten geknotet hatte. In einem Wintergarten stellte uns eine Frau, die jünger war als ich und viel jünger als Astrid, zwei Tassen Kaffee und eine Etagere mit Plätzchen hin. Astrid fragte: Hast du so etwas schon einmal gemacht? / Ach so – noch nie? / Wie, schon Mitte dreißig? / Aber mit den Haaren und der Figur siehst du ein wenig jünger aus. / Wir können dich für Ende

zwanzig verkaufen. / Kannst du Sprachen? / Du hast übrigens Glück. / Es ist gerade ein Zimmer frei / Willst du es sehen?
Wir gingen eine herrschaftliche Treppe hinauf, wie ich sie aus Hitchcock-Filmen kannte. Auf dem ersten Absatz steckte ein Strauß mit weißem Flieder in einer riesigen Bodenvase. Deswegen weiß ich bis heute die Jahreszeit, in der ich Astrid zum ersten und letzten Mal traf. Was ist eigentlich mit Sheila, fragte ich, als wir vor der Zimmertür standen. Sie zuckte mit den Schultern.
Als die Tür sich öffnete, lag vor mir ein schwarzer Wald. An dessen Saum blieb ich stehen, drehte mich um und sah mich selbst ein Vierteljahrhundert von jetzt entfernt in einer strahlend weißen Unterhose wie einen frierenden Hasen auf einem grauen Rasen sitzen.
Sah das Grau Maserung werden, und in der Maserung verschwand der Hase.
An das Zimmer dort unter dem Dach der Villa Ascona konnte ich mich später nicht erinnern, nur an seinen Geruch nach Putzmittel und Sonnenöl.
Wirklich Putzmittel und Sonnenöl?
Oder war es ein Geruch nach Leder und Staub gewesen?

An der Station Embankment in London habe ich Jahre später in einer Straßenküche nahe der Themse eine freundliche Frau fotografiert, die Sheilas schottische Mutter hätte sein können. Sie bewirtschaftete ein Cabmen's Shelter, in dem sie warme Mahlzeiten für Taxifahrer ausgab.
Ihre Imbissbude hatte keine Räder und die Umgebung nichts mit dem Bahnhof Kiel zu tun. Trotzdem, ihre ziemlich kleinen, ziemlich alten Hände, mit denen sie mir ein Pappschälchen und ein bleiches Brötchen über den Tresen zuschob, kamen mir bekannt vor.

Da, wo ich herkomme, sind die Menschen freundlich, hatte Sheila einmal gesagt.

Kantine elf

Es schneit heftiger auf die Kantinenterrasse. Um uns herum, Leute in Opernkostümen und Essensgeruch. Das Tagesgericht ist Erbsensuppe. Über uns in der Ecke, der Lautsprecher. Noch fünfzehn Minuten bis Vorstellungsbeginn, hat die Inspizientin soeben geflüstert, Herr Westphal, Herr Hariri und Herr Koslowski für Akt drei, Bild zwei, bitte zur Bühne. Die drei Männer am Tisch neben uns haben sich den Mund abgewischt und sind aufgebrochen. Westphal, Hariri und Koslowski sind das, hat Eva K. soeben gesagt, und die gehen jetzt mit Perücke auf ihre Positionen in Akt drei, Bild zwei.
Perücke, ja stimmt, sage ich.
Die Maria trug in ihren letzten Jahren auch eine, sagt Eva K. Dabei hat sie früher so dickes Haar gehabt, als sie noch mit der Mutter

und einem Onkel an der Grenze zu Polen lebte. Der Onkel hatte im Sommer gelbe Klebestreifen gegen Fliegen ins Klohäuschen neben dem Stall aufgehängt, und die Maria ist nachts mit ihren schönen langen Haaren dort hängen geblieben …

Ist das so, frage ich, aber nur, um querfeldein eine eigene Erinnerung zum Thema Haare hinzuzufügen. Eines Tages, sage ich, habe ich Bee gebeten, mir meinen Zopf abzuschneiden, Methusalem zum Trotz, der keine kurzen Haare an Frauen mochte.

Ich glaube, ich weiß, wen du meinst.

Bee hat geweint, als sie die Schere ansetzte.

Die Ärmste, was ist eigentlich aus ihr geworden?

Ich bewege leicht den Kopf von rechts nach links und von links nach rechts. Eva K. versteht, was ich damit sagen will: nämlich, dass Bee und ich uns im Laufe der Jahre verloren und fanden, verloren und fanden und dass dieser Prozess nicht abgeschlossen sein wird, solange wir leben.

Wir packten, sage ich, damals meinen dicken Zopf in eine Zeitung. Auf der Titelseite war Willy Brandt.

Auf Knien?

Nein, viel später, sage ich. In einem Laden für Haarteile und Perücken wickelte ein Mann im weißen Hemd das Haar aus der Zeitung. Er prüfte die Qualität. Sein Zeigefinger rechts fehlte. Dann schob er Zeitung und Zopf über den Tresen zurück. Davon haben wir hier noch genug, sagte er, von solchen Haaren. Dafür kriegt ihr nichts, das sind Judenhaare. Der Mann beugte sich zu mir, so wie der Musiklehrer in der siebten Klasse sich einmal zu mir vorgebeugt hatte, als er mich zur Rede stellen wollte, warum ich denn so schwarze Haare habe und ob die denn nicht gefärbt sind? Der Mann kam mir genauso zu nah wie der Musiklehrer damals. Ich konnte seine Kopfhaut riechen und dass er im Krieg gewesen war.

Warum erzählst du mir das alles?, fragt Eva K.

Weil es das alles gibt: die gelben Fliegenklebestreifen und Klohäuschen, die Grenze zu Polen, Willy Brandt, Bee, Zombies ohne Zeigefinger und all diese Zusammenhänge überall, die nur zu erkennen sind, wenn ich sie mir erzähle, also neu ordne.
Du schreibst, damit du weißt, was du denkst?
Das ist nicht von dir, das ist von jemand anderem, Eva!
Eva K. sieht plötzlich müde aus. Ich wahrscheinlich auch. Der Hund Zadek mit dem LED-Collier, mittlerweile ein fester Bestandteil unserer Runde aus erzählenden Tieren, schaut zu uns hoch, mit einem Blick, der nichts anderes sagt, als dass alles um ihn herum einfach nur Hund ist.

Methusalem - kurze Geschichte einer Liebe, die siebzehn Jahre dauerte

Mit meiner chinesischen Übersetzerin Mu Gu habe ich einmal über die Liebe gesprochen. Auf Deutsch heißt ihr Namen Blühende Frühlingswiese. Blühende Frühlingswiese war damals Ende dreißig und hatte eine kleine Tochter. In dem Jahr, als ich mich von Methusalem trennte, hatte sie geheiratet. Gleich von der Arbeit ging sie an dem Tag zum Termin und wartete vor einem Amt in Schanghai auf ihren zukünftigen Ehemann. Er sollte ebenfalls von der Arbeit dorthin kommen, kam aber nicht. Es war früher Nachmittag, als Blühende Frühlingswiese nach Hause ging. Dort lag der Mann auf dem Sofa. Er hielt Mittagsschlaf.
Er hat doch nicht die Hochzeit vergessen?
Nein, verschlafen, sagte Blühende Frühlingswiese.
Schlimm, sagte ich.
Nein, gar nicht schlimm, meinte sie, das ist bei uns anders als

bei euch. Liebe gibt es in China zwischen Mann und Frau eigentlich nicht.

Zu lieben, bis Vernunft verbrennt war der Titel des Gedichtbands, den er mir in der Woche nach unserer ersten Begegnung schenkte. Vom Feuermachen aber hatte Methusalem keine Ahnung. Er war ein kleiner, zäher, ehrgeiziger, dreizehn Jahre älterer Mann und keine dreizehn Jahre jünger als meine Mutter. An seiner Seite habe ich in keiner Nacht von keinem anderen Mann geträumt. Aber vom Mekong. Anfangs glaubte ich ihm alles.
Ich war jung.
Später merkte ich, er war ein Angeber, der ständig angab, was ihm fehlte. Im Bett schauten uns seine Kater zu. Den einen hatte er von der Müllkippe, der andere war ihm zugelaufen. Der eine furzte viel, der andere fraß wenig. Methusalem band die Fenster seiner Wohnung mit Kordel zu, damit sich keins selbstständig öffnen und Oscar, der wenig fraß, in die Freiheit der Straßen entschwinden konnte. Fritzi, der so viel furzte, war Methusalem egal. Eines Nachts nahm er so ein Stück Kordel, band es an kein Fenster, sondern mir um den Hals und zog zu. Ich war nackt.
Soll ich dir mal ein Kompliment machen?
Ja?!
Ich liebe dich.
Sicher?, fragte ich.
Ein Erdbeereisverkäufer, dieser Kerl, meinten die Freundinnen, und die Freunde fragten: Sicher, dass du was von d e m willst? Egal war mir das. Denn bald, ahnte ich, würde ich mich kaum noch mit jemandem vertragen und flach wie eine Briefmarke sein, die nicht mehr galt.

In unserem letzten gemeinsamen Jahr leben Methusalem und ich in Rom. Eines Nachts umfasst in meinem Atelierhaus Nähe Piazza Bologna ein Unsichtbarer meine Fußgelenke und fragt, wovor ich eigentlich Angst habe. Tagsüber fahre ich ewig lange in der Ewigen Stadt umher, steige irgendwo und ohne Ziel um, sobald der Fahrer in einer nächsten Bahn hübsch ist und ich mich in seiner Sonnenbrille spiegeln kann. Straßenbahnen erinnern mich an früher, als sie am Abend noch alle Menschen nach Hause fuhren. Dass mein Gefühl der Trauer so sehr dem der Angst gleicht, weiß ich in dem Moment noch nicht zu sagen.
Aber bald – sobald wir auseinander sind.

Wenn Methusalem und ich in Rom uns trennen, werden wir siebzehn Jahre zusammen gewesen sein – mindestens sieben davon zu viel. Ab da werde ich allein im größten Raum meines Atelierhauses sitzen. Leer ist er, trotz der zwei Spiegel und des weißen Arbeitstischs mit Blick auf die weiße Wand. Ich liege auf einer dünnen Schaumstoffmatratze unter einem blauen Samt von zu Hause. Dort liege ich und werde langsam welk. Aber das kommt bei den Damen in der russischen Literatur auch vor. Ich schreibe:

Ob all die schönen Mädchen in dieser Stadt hier wohl einen Mann bekommen? Wäre ich einer, ich könnte mich da nicht entscheiden.
Habe noch nie so viele Männer beim Rauchen arbeiten sehen.
Habe noch nie so viele Menschen auf der Straße essen sehen.
Habe noch nie so viele schöne Frauen im Mittagslicht brüchig werden sehen.
Habe noch nie so viele Mädchen in dunkelblauen Mänteln gesehen.
Habe noch nie so viele Blicke gesehen.
Habe mich noch nie so gesehen.
Stimmt das?
Der kahle Raum um mich herum prüft jedes Wort. Stimmt, sagt er.
Die Putzfrau heißt Paola, schreibe ich, und sie versteckt sich in ihrem rosa Kittel hinter meiner Ateliertür. Deren oberer Teil ist aus Glas. So kann ich sie sehen, beim Verstecken. Ihr geht es nicht besonders gut, und am liebsten füttert sie die hässlichste der drei Hauskatzen im Park.
In Rom fallen einem bereits im Februar die Pampelmusen vor die Füße. Abends, so schreibe ich, machen Männer und Frauen Liebe im Auto, an der Breitseite des Parks. Gestern sah ich einen nackten Männerhintern sich auf und ab bewegen, das sieht man hier nicht oft. Der Sichtschutz aus Zeitung war von der Windschutzscheibe gerutscht. Morgens, schreibe ich, esse ich gern das Frühstück wegen einer kleinen Banane und sitze dabei vor der Tür, denn das Wetter verspricht Blau. Auch lege ich gern im Galloparium die Füße auf den winterverschmutzten Tisch, schreibe ich, denn die Pferde, die vorbeikommen, haben schöne Hufe. Einmal fahre ich nach Anzio, vierzig Minuten von Rom/Stazione Termini entfernt. Zwei Fischverkäuferinnen stehen im Mittagslicht vor dem kleinen Bahnhof. Als ich wieder zurückfahre, färbt sich der Abend feierlich rot, und die zwei tragen die Haare noch immer hoch über den weißen Schürzen vom Tag. Anzio liegt am Meer,

und hat man das Meer, fehlt einem nichts – nicht mal die Sehnsucht, oder? Und Schreiben hilft.

Ich gehe oft zum Campo Verano, dem größten Friedhof der Stadt. Die Beerdigungsinstitute vor dem Haupttor sehen wie Autowerkstätten aus. Natalia Ginzburg liegt hier, Sergio Leone, Marcello Mastroianni, Bud Spencer und Garibaldi. Auf einem kleinen Grabstein steht, dass da eine am 10.3.78 geboren und auch gestorben ist, aber rasch noch Teresa hieß. Warum also stelle ich mich so an, andere haben nicht mal die Chance zu versagen. Die Grabkammern für Urnen auf dem Campo Verano sind fünf oder sechs Stockwerke hoch. Wenn man ganz oben seine Toten hat, muss man sie mit der Leiter besuchen. Ich denke an Ina, die vor Jahrzehnten der Erdboden bei Schatila verschluckt haben soll. Hat sie im Libanon ein Grab?
Oder in Senftenberg, Schwedt, Berlin-Kreuzberg, Frankfurt/Oder? Im Lauf eines Lebens hat man mehrere, glaube ich.

Dann ist es der 27. Januar 1998. Liz wird nicht wie geplant im April nach Rom kommen. Sie musste am Vormittag sterben. Wer wärmt mir jetzt die Füße, das Essen, den Schlaf?
Als ich von ihrer Beerdigung in S. zurück nach Rom komme und wieder einmal an der Stazione Termini aussteige, sind alle Männer auf allen Bahnsteigen traurig, dass Liz nicht, wie angekündigt, mitgekommen ist. Sie tragen graue Hemden und schwarze Krawatten und reden sich damit heraus, dass das jetzt Mode sei. Im Zug von Rom nach S. habe ich die Woche zuvor auf der Hinfahrt vier kroatische Nachtwagenschaffner kennengelernt. Als ich an ihrem geöffneten Dienstabteil vorbeikomme, bitten sie mich hinein. Sie haben Tomaten, Eier und Wein dabei und bieten mir einen Platz an. Bleiben Sie bitte, denn wenn in einer Runde eine Frau dabei ist, sind die Gespräche gepflegter, sagt der älteste. Als

ich sieben Tage später wieder nach Rom zurückfahre, fange ich im Speisewagen an zu weinen. Der Kellner kommt, und ich sage, Entschuldigung, meine Mutter ist gerade gestorben. Ohne dass ich etwas bestellt habe, bringt er einen Orangensaft, dann noch einen, um beim dritten zwei Fäuste auf das weiße Tischtuch zu stützen und sich zu mir zu beugen: Das tut mir so leid, das ist immer der erste Schritt in eine lange Einsamkeit, sagt er leise auf Englisch.

Es ist kurz vor Mitternacht, als ich in Termini aus dem Zug steige. Zwischen all den traurigen Männern in grauen Hemden und schwarzen Krawatten steht Methusalem. Mein Gott, siehst du alt aus, sagt er und tippt mit dem Zeigefinger auf das Gepäck unter meinen Augen. Sein Satz verschlägt mir das Weinen. Methusalem: Er hat so viele Bücher in seiner Wohnung wie ein Antiquar, der pleitegegangen ist. An der Grenze wird er regelmäßig nach Drogen durchsucht, solange er noch verwegen jung aussieht. Er war tatsächlich einmal schön wie Gérard Philipe und wird immer weinerlich wie Wilhelm Raabe, treu wie Don Juan und Andreas Baader und klug wie Frau Meinhof bleiben. Methusalem wird für immer ein eingebildeter Kranker und Geheimniskrämer sein. Er ist radikal und ängstlich, raucht nicht, trinkt wenig, ernährt sich schlecht und weiß nicht, wie man eine Hecke schneidet. Ein kalter Ofen könnte nicht kälter sein als Methusalem. Vor drei Minuten noch, als ich in Termini aus dem Zug stieg, habe ich geglaubt, ich könnte ohne diesen Prinzen Hamlet kein Theater machen, ohne ihn keine Bücher schreiben. Ohne ihn zu leben, ja, das ginge vielleicht, doch nur in einem Kloster, in dem die Nonnen sich dem Schweigen verpflichtet haben, aber gern Federball spielen und alle Zuneigung, die eines Menschen Herz aufbringen kann, einem alten Schäferhund schenken, der bei gutem Wetter im Klostergarten in der Sonne liegt und bei schlechten versucht, sich in seiner Hütte in den eigenen Schwanz zu beißen.

Die Ärmel seines weißen Hemds hat Methusalem auf dem Bahnsteig 13, Stazione Termini, hochgekrempelt, als hätte es in Rom viel zu tun gegeben in den Tagen ohne mich. Wir laufen durch eine menschenleere Bahnhofsunterführung, Richtung Ausgang. War die Unterführung wirklich menschenleer, oder hat sie sich nur so angefühlt? Noch mal anders: Erlebt ist, was man gefühlt hat, und wenn die Unterführung sich menschenleer anfühlte, dann stimmt das auch. Dann gibt es eigentlich keinen Unterschied zwischen dem, was war, und dem, was so hätte gewesen sein können. Dann gibt es nur das Erzählen, und in diesem, meinem Erzählen tauchen jetzt die zwei Zigeunerinnen mit Bettelschild aus Pappe auf, an die ich mich genau erinnere. Sie kommen Methusalem und mir entgegen und ganz nah. Fuori di qui, zische ich. Ist nicht ganz richtig, aber ernst gemeint. Ich gehe schneller danach. Dann drehe ich mich um und sehe, wie die zwei Frauen sich schmeichelnd mit ihrem Schild gegen Methusalem drücken. Als er mich mit einem Männerlächeln im Gesicht eingeholt hat, frage ich: Und, wo ist jetzt dein Portemonnaie? Mit den Händen fährt er in die Hosentasche, wie eigentlich immer, wenn er ratlos ist.
Weg, sagt er. Lauf hinterher.
Warum ich?
Ich bin zu alt.
Stimmt, sage ich.
Wenige Tage später bitte ich ihn, mich in Rom allein zu lassen und sich in Berlin eine eigene Wohnung zu suchen, damit er aus meiner weg ist, wenn ich zurückkomme.

Kurz bevor auch ich an einem letzten Junitag mit dem Nachtzug Rom endgültig verlasse, gehe ich noch einmal in dieses Café, das ich regelmäßig allein besuche, seitdem Methusalem fort ist aus meinen Leben. Erst sind es drei Männer und eine Frau. Der, der am meisten redet, schaut sich auch am meisten um. Dann kommen noch zwei Männer mit Goldkettchen und zwei sehr junge Frauen hinzu. Die gehen gleich miteinander aufs Klo. Da spricht der mich an, der eh schon so viel spricht. Non posso parlare Italiano, antworte ich. Aber seine Freundin kann Englisch, doch die ist gerade auf dem Klo, und die Frau, die noch am Tisch sitzt und die Locken mit den Fingern lockiger dreht, die kann auch Französisch. Aber sie kann nur so viel, um auf Französisch zu sagen, dass sie es kann. Sie mag gar nicht mit mir sprechen, und wie auf Bestellung klingelt ihr Handy. Da sitze ich und trinke schneller, und weil er das sieht, sagt er, die mit dem Handy sei ein schönes Mädchen, aber ich gefalle ihm besser. Ob er dabei wohl die fünf Konjunktive benutzt, von denen meine Nachbarn in den Atelierhäusern neben mir nach vier Wochen Sprachkurs so eifrig reden? Also, ich gefalle ihm, wegen der Augen. Die schlage ich nieder, und viel Schönes bleibt dann nicht von mir übrig außer den Haaren, die ich im Nacken zusammenknote. Die zwei anderen Mädchen kommen vom Klo, und die eine soll jetzt Englisch mit mir reden. Sie sagt dreimal: Do you like Rome? Er ruft: Parla, parla! Das ist aber nicht ihr Name, sondern ein Befehl. Ich stehe auf, nicke allen zu. Es ist Sonnabend und sieben Uhr. Ich nicke siebenmal und gehe.

Wie man es schaffen kann, dass man gern lebt bis zum Schluss

Manchmal hat auf der Bühne eine Ratte mitgetanzt. Sie klammerte sich bei den Drehungen über die Diagonale an den Haaren einer kleinen Cranko-Ballerina fest. Die Stücke erzählten von der Liebe; der zerstörerischen. Von Revolutionen; immer gescheiterten. Sie erzählten auch davon, dass mein Leben ohne Tanz und folglich auch ohne Methusalem in einem immer gleichen roten Pullover am Bahnhofskiosk von S. hätte stattfinden können. Dort hätte ich als Judith Martina ähnlich wie Martina Judith in Kiel oder die Mutter von Sheila an der Station Embankment Flaschenbier, Wurst und belegte Mettbrötchen, mal mit, mal ohne Zwiebeln, verkauft.
Die Tanzstücke – entstanden zwischen 1984 und 1998 – hießen unter anderem *Ophelia kann sein, Esperanza Hotel, Vincent fressen ihn die Raben, Homme Fatal, Else Club.* Die, die mittanzten, brachten ihre Vorgeschichten mit aus Dallas, Hongkong, London, Glasgow, Turin, Hamburg, Frauenfeld und Wuppertal. Eine war Häuptlingstochter und hatte gerade das Abitur am Berliner Beethoven-Gymnasium gemacht.
Bei der Arbeit waren wir professionell – im Leben meist panisch. Wir lebten hinter der Mauer, fühlten uns verletzlich – und wichtig. Es gab Smog, also Nebel mit Geruch, und immer die gleiche Musik: Alan Parsons, Shade, Einstürzende Neubauten. Es gab die Proben in immer anderen, heruntergekommenen Räumen und später die Aufführungen dazu an Orten, die zu dem Dahergelaufenen, das wir damals hatten, nicht passten. Denn niemand von der Oper Duisburg, der Alten Oper Frankfurt, dem Schauspielhaus Düsseldorf oder Zürich, niemand von der Akademie der Künste oder dem Berliner Ensemble ahnte, dass wir nachts nach einer Vorstellung unsere Requisiten und Kostüme in Kellern von Freunden und Bekannten verstauten.

Wir waren jung, damals, dann nicht mehr.
Ein Leben später bekommen wir eine zweite Chance. Vielleicht weil wir ohne diese Arbeit nicht das wären, was wir heute sind. *Die Erde ist gewaltig schön, doch sicher ist sie nicht* soll das neue Stück heißen. Die Proben beginnen Ende Mai 2021.
Beim ersten Wiedersehen nach knapp einem Vierteljahrhundert schauen zwei aus meinem alten Ensemble mich an, als sei ich krank und gehörte in einen Schrank. Die eine will sofort wissen, wie es

mit der Bezahlung aussieht, und die andere fragt: Du schreibst doch nur, tanzt du eigentlich noch? Trotzdem sind sie beide angereist. Ob es uns diesmal gelingt, einander in der Arbeit zu erziehen? Ob man es schaffen kann, dass man gern lebt bis zum Schluss? Ob alle bis zum Schluss bleiben?
Ich weiß es nicht und fange einfach an.

Vor den großen Fenstern im ersten Stock des Ungarischen Instituts in Berlin, wo wir proben, liegt das Gorki Theater im Umbau und dahinter die leere Stadt. Sie sieht verschneit aus, obwohl Frühling ist. Wenige Menschen nur gehen auf der Straße mit gesenkten Augen aneinander vorbei, als sei Blickkontakt ansteckend. Wir aber

rotten uns am Rand aller Regeln und gegen die Angst zusammen. Wir proben jeden Tag, anfangs mit und bald schon ohne Corona-Masken. Da drüben, vielleicht dreihundert Schritte von hier entfernt, war mal der Übergang Friedrichstraße. Im Jahr 1983 habe ich dort einen *Liebhaber* über die Grenze geschmuggelt. Den Raubdruck des Romans von Marguerite Duras hatte ich am Abend zuvor in Kreuzberg für fünf D-Mark gekauft. Diesen *Liebhaber* brachte ich einem Liebhaber in Prenzlauer Berg mit. Er gehörte zur freien Theatergruppe Zinnober. War das nicht die einzige freie Gruppe in der DDR gewesen? Ich weiß es nicht mehr. Gib uns Training, Training wie bei Pina Bausch, baten die Frauen im Ensemble mich, die alle müde, blass und schön aussahen. Wussten auch sie, dass Tanztraining immer schon eine Art Widerstandstraining gewesen ist?
Wir, dreihundert Meter vom ehemaligen Grenzübergang Friedrichstraße und drei Jahrzehnte von einem real existierenden Sozialismus entfernt, der einigen Seelen einmal zum Greifen nah gewesen sein soll, nehmen die Masken ab und beginnen mit einer einfachen Stange. Plié, demi et grand. Wir führen den linken Arm, sieben und acht. Port de bras! Die Luft konzentriert sich zu einem unsichtbaren Wattebausch zwischen Kinn und Hals und unter den Achseln. Ob Anmut ein chemisches Geheimnis hat? Jeté! Die Beine sind nicht mehr hoch und die Erwartungen erst recht nicht. Früher als früher machen wir Pause. Wir essen Nüsse. Aus den großen Fenstern im ersten Stock des Ungarischen Instituts schauen wir wieder auf das Gorki Theater. Auch da haben wir einmal gespielt, gleich nachdem die Mauer gefallen war.
Wir essen nach unserem Training Nüsse aus knisternden Tüten. Ich erkläre leise und unsicher, was ich machen will: schreiben.
Okay …
Erzählen …
Okay …

… autobiografisch
What? Why?, fragt die Schöne aus Dallas. Die anderen hören auf zu essen. Die Tüten in ihren Händen knistern noch. Genauso war es schon einmal. Und diesmal sage ich endlich den Satz von Alexander Kluge: weil unsere Lebensläufe die Häuser sind, aus deren Fenstern wir Menschen die Welt deuten.
What?, fragt die Schöne aus Dallas wieder.
Alle schauen mich an. Jetzt hast du Angst, oder?, fragt mich jemand auf Englisch. Die Szene kenn ich. Ich nicke. Auch dieses Nicken war schon einmal – genau so.

Eine von uns lebt auf dem Campingplatz, eine in einem gelben Haus ohne Heizung und fließend Wasser bei Ostende, eine ist magersüchtig, aber hat einen Sauerkirschbaum im Vorgarten, eine hört noch schlechter als früher, zwei von uns – die Älteste und die Jüngste – sind Witwen, drei trinken, eine davon richtig, aber sie macht was draus. Eine ist ein Mann und trainiert noch immer täglich. Wir alle sind zwischen zweiundfünfzig und vierundsiebzig Jahre alt. Begleitet werden wir von einer jungen Frau mit Kamera. Sie ist sechsundzwanzig und nimmt im Ungarischen Institut als Einzige den Fahrstuhl zum Probenraum im zweiten Stock. Methusalem ist nicht mehr dabei. Ich habe ihn nicht gefragt, und nur eine fragt am zweiten Probentag nach ihm. Die junge experimentelle Autorenfilmerin, wie sie sich selbst beschreibt, arbeitet oft mit Nahaufnahmen und zieht dafür die quietschenden Turnschuhe aus. Auf Mickymaus-Socken läuft sie mit ihrer Handkamera hinter uns her. Sie ist einige Jahre nach dem Fall der Mauer in Paderborn geboren. In der ersten Woche hält sie einen Vortrag zum Thema Prekariat. Unsere Lebenssituationen in ihre Begrifflichkeiten zu fassen, darum habe ich sie gebeten. So erfahre ich, dass einige das Wort *prekär* nicht kennen oder nicht kennen wollen, auch wenn sie von nichts oder dem Sozialamt leben. So sind wir.

Die junge Frau aus Paderborn ist anders?
Sie schreibt an einer Doktorarbeit über prekäre Lebenswege, die immer von etwas Flüchtigem, Vergänglichem begleitet werden, also von etwas, das niemand, der so lebt, auch so benennen würde. Das Benennen übernimmt sie für uns. Sie möchte, dass etwas bleibt, wenn sie die Kamera auf uns hält. Es sind eure Haltungen, die euch Halt geben, sagt sie, egal ob mit, ob ohne Maske. Egal ob mit, ob ohne Geld.
Aber gelten wir noch?

Aus dem persönlichen Erzählen heraus schreiben wir uns in eine gemeinsame Fiktion hinein. Wir erfinden eine SIE, die wir ALLE ist. Ich montiere die Texte. Montage, weiß ich, ist eine geniale Miterzählerin. Diese SIE ist arbeitslose Tänzerin und wohnt in einem gelben Haus bei Ostende. Nachdem im letzten Jahr der Sauerkirschbaum in ihrem Vorgarten gefällt wurde, aber im nächsten im Liegen noch einmal blüht, nimmt sie das als Zeichen und macht sich auf, eine Arbeit zu suchen. SIE hat sich als Komparsin für *Babylon Berlin* beworben und ist in diese Hauptstadt gefahren, die sie einmal als Westberlin gut kannte. Heftiger Regen fällt am ersten Tag des Drehs auf dem Ku'damm. Die Nacht ist so kalt, so kalt, dass sie glitzert. SIE wird als Kleindarstellerin in die Kategorie *Jewish upper class* gesteckt. Nachts um halb drei kommt SIE vom Dreh zurück in die Wohnung einer ehemaligen Kollegin. Auch die war einmal Tänzerin, jetzt ist sie Friedhofsgärtnerin. SIE schaut in den fremden Flurspiegel. Der schaut zurück, sagt, 175 Euro hast du verdient – was? – in den letzten zwölf Stunden, da hast du nur 175 Euro verdient? Dafür kannst du auch putzen gehen. Was nützt es dir, wie Jewish upper class auszusehen, im Komparsenkostüm von *Babylon Berlin*, wenn das so schlecht bezahlt ist! SIE schläft in jener Nacht nach dem Dreh auf einer aufblasbaren Matratze in der Küche der Kollegin. Kurz nach drei wird es im Stock über ihr

laut. Sind das Kinder, Betrunkene oder steppende Elefanten? Barfuß geht SIE nach oben und klingelt. Der junge Mann, der öffnet, schaut auf ihre nackten, entstellten Tänzerinnenfüßen, die auf eine OP warten. Dann schaut er sie von oben bis unten noch einmal an, als sei SIE bereits Erde. Irgendwann ist man eben nur noch die Alte von unten. Am nächsten Tag fährt SIE zurück in ihr gelbes Haus bei Ostende. Die Landschaft ist schön, und Natur macht SIE glücklich. Aber wo ist zu Hause, und wie es wohl daheim der Ratte hinter der Wandverkleidung geht? Nach 183 km holt SIE sich das erste Bier an der Tankstelle, Affligem Blond, 6,8 Prozent, und stellt das Autoradio an … Im September 2021 haben wir als schillernde, prekäre, verletzliche SIE, die wir alle sind, Premiere auf der Bühne des Hessischen Staatsballetts. Am Morgen nach der Aufführung bekomme ich eine ziemlich lange SMS: Anfang vierzig fühlt man sich erinnert an etwas, das noch vor einem liegt, schreibt eine befreundete Schauspielerin. Wenn ich mich später einmal, einen Katzensprung weiter, noch so aufrichtig und nahbar zeigen kann, wie ihr das gestern gemacht habt, dann ist doch alles gut, denke ich. Was von diesem Abend bleibt, ist die eigenwillige Lust am Dasein, die von der Bühne strahlt, trotz unbeantworteter Fragen und fehlender äußerer Sicherheit, und deutlich wird die Unvermeidbarkeit, das zu leben, was man ist. Und es geht weiter, weiter, weiter …
An dem Morgen, an dem ich die Nachricht bekomme, bin ich bereits früh unterwegs – zu einer Beerdigung.

Mag sein, sage ich am Abend der letzten Probe in Berlin, mag sein, dass wir vom Tanz her Nichttanzenden gegenüber einen Erfahrungsvorsprung haben und ahnen, dass man mit noch ungestalteter Zeit umgehen muss wie mit Räumen, um mit einer Mischung aus Vorstellungsgabe, Selbstverantwortung, Hingabe und Disziplin dieses NICHTS zu füllen.

What?, fragt wieder die Schöne aus Dallas.
Ertappt! Die Formulierung habe ich vorbereitet und lese sie von einem meiner inneren Zettel ab.
Mhm, murrt auch die, die gleich zu Anfang nach der Bezahlung fragte. Jetzt schaut sie mich an, als sei ich eine liegen gebliebene Kartoffel. Ich zerknülle den inneren Zettel und nehme mir vor: Nie wieder schlau sein wollen!
Sie aber, die gern über alles verhandelt, verlässt währenddessen den Raum mit einem schweren Gang, den man Erfahrung nennt.

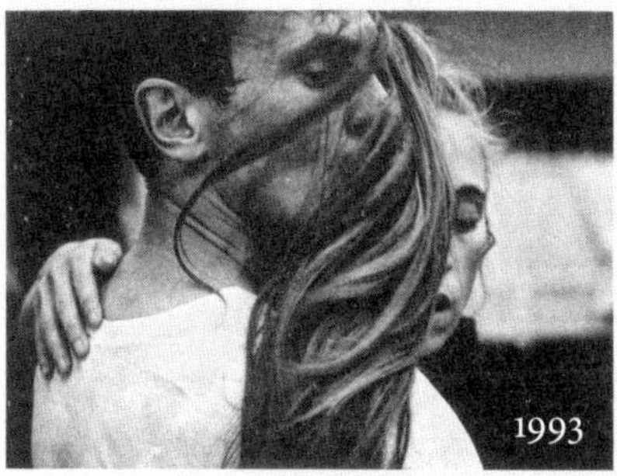

Familie mit Fruchtfliege

Als ich neunzehn war, habe ich eine Fotomappe zum Thema Heimat bei der dffb eingereicht. *Er, Anne/ausgezogen* stand als Bildunterschrift unter einem Foto meines nackten Freundes M. *Zsigane, Zsigane, sesshaft werden in der Sehnsucht,* hatte ich unter ein winterlich leeres Schwimmbecken geschrieben, das im Laub ertrank. Kitsch? Ich wurde abgelehnt. Sehr geehrtes Fräulein K., ich finde, Sie sollten schreiben, hatte der Direktor der Filmhochschule mit Hand unter der Absage notiert. Er hieß Edgar Reitz.

Dass es dort schön war, lag weniger am Dorf als am Sommer. Diese Kindersommer im Dorf W. hängen manchmal noch aus meinen Träumen so wie ein Faden, der nicht reißen kann. Ich lief barfuß die lange und eigentlich einzige Straße entlang, die den Ort in eine Reihe trauriger Häuschen rechts und eine Reihe trauriger Häuschen links teilte. Ich lief schnell, mal mit, mal ohne ein Rudel Jungen hinter mir, und ahnte, mein Leben würde nicht unbedingt ein großes, aber vielleicht ein geglücktes werden. Diese Sommer im Dorf W. dufteten mir direkt ins Ohr hinein.
Meine Großmutter Elisabeth stammt von da. Als ich Jahrzehnte später wieder einmal dorthin komme, übernachte ich im ehemaligen Schulhaus, in dem meine Großmutter ihre wenigen Schuljahre verbracht hat. Sie wollte Lehrerin werden und wurde Dienstmädchen. So lernte sie, wie man sich in einer Gesellschaft benimmt, zu der man nicht gehört. Sie gab diese Mischung aus Schlauheit und Durchlässigkeit weiter an Leo, ihren Sohn, und an dessen Tochter. Mich. Immer wollte Elisabeth etwas von der Welt sehen, ist aber nie im Ausland gereist. Mit einem kleinen Koffer und zwei oder drei Plastiktüten ist sie gefahren von Wuppertal nach Dortmund, von Gevelsberg nach Gütersloh, von Köln bis nach Freu-

denstadt, und mit dem Finger auf der Landkarte ist sie bis nach Australien gekommen. Vor allem wenn es regnete und es dunkel wurde oder wenn samstags nach dem *Wort zum Sonntag* der späte Film langweilig war, fing sie an, von ihren weiten Reisen zu erzählen. So hat sie mir auch von Australien berichtet, während sie das Land auf der Karte unter dem Finger festhielt. Sie erzählte von kindskopfgroßen Zitronen, beutelschwerer Känguruhitze und klapprigen Häusern ohne Keller. Gesehen hatte sie das alles nie. Doch hat sie Heimat gefühlt in diesen Windungen zwischen Erlebtem, Erinnern und Erfinden. Denn einmal ankommen, wollte meine unruhige Großmutter immer. Ihr Großvater war nämlich Scherenschleifer gewesen, zog von Dorf zu Dorf mit einem Karren und zwei kleinen Mädchen darauf, die seine Töchter waren. Er erzählte die Geschichten von jenseits des Hügels diesseits des Hügels den Bauern weiter. Sicher erfand er dazu, manchmal mit geliehener Pracht, um sich nicht mit sich selbst zu langweilen. Elisabeth erzählte mir von ihm, als hätte nicht ihre Mutter, sondern sie mit im Karren des Scherenschleifers gesessen. Und doch kannte sie diesen Mann und sein Leben so wenig wie die Zitronen in Australien.
Der Scherenschleifer war staatenlos, und irgendein Vorfahre von ihm wurde zerrissen zwischen zwei Pferden, so sagte man. Als der Scherenschleifer mit Karren und Töchtern eines Tages durch das Dorf W. zog, bot ihm der Baron ein leer stehendes Häuschen jenseits der Nethe an. Der Fluss teilte das Dorf W. in ordentliche und weniger ordentliche Bewohner. Den Forellen aber, die dort auch gegen die Strömung schwammen, war das egal.

Das Häuschen des Scherenschleifers steht noch immer, droht aber unter der Last der Sonnenkollektoren auf seinem Dach zusammenzubrechen.
Ich trinke in W. am Tresen vom Deutschen Haus ein Bier. Ein rot-

haariger Mann in meinem Alter hat es gezapft und mich dabei lange angeschaut. Ein Blick, länger als drei Sekunden, ist ein Kontakt. Draußen wird es langsam dunkel über dem Dorf. Sein Zentrum ist noch immer die Lange Straße. Dort gibt es eine zweite, aber geschlossene Gastwirtschaft mit sieben Fremdenzimmern im ersten Stock, wo die Matratzen seit Jahren nackt in ihren Betten herumliegen. Es gibt auch noch eine Metzgerei mit Mittagstisch von Montag bis Freitag, eine Apfelmosterei, das Beerdigungsinstitut mit seinen zwei offenen Särgen im Schaufenster, ein geschlossenes Schwimmbad, ein ehemaliges Kino, einen Penny Markt und zwei baptistische Gemeindehäuser, in denen immer Licht brennt. Je dunkler es wird, desto mehr legt sich für mich das Wort *Wüstung* über das Dorf W., obwohl es draußen, jenseits der bleiverglasten Fenster vom Deutschen Haus, plötzlich belebt aussieht. Umrisse von Frauen mit Hauben schälen sich aus dem geizigen Licht der Straßenlaternen. Die langen Röcke verschleiern die Körper. Baptistinnen, sagt der alte Mann am Tresen neben mir, und Drogenhändler gibt es auch. Er zeigt mit der Nasenspitze, die sich zur Erdbeere knollt, auf ein teures Auto draußen vor dem Haus. Vier Männer mit Bärten sind ausgestiegen und haben etwas Bewaffnetes im Gang. Mit meinem Zimmerschlüssel in der Hand werde ich später am Abend im alten Schulhaus ein nächstes Kapitel nach ihrem Auftritt sehen. Die Razzia. Einer von ihnen wird vor einer Polizistin knien und um Gnade bitten wegen seiner vielen Kinder. Er wird die Arme ausbreiten bis nach Syrien oder Afghanistan.
Oder nur bis zum Nachbardorf gleich hinter dem nächsten Hügel?
Der alte Mann mit der Erdbeerknollennase am Tresen neben mir gibt mir jetzt zu verstehen, dass auch ich nicht hergehöre, weil ich nicht von hier bin.
Meine Großmutter kommt aber aus dem Dorf hier, sage ich. Der Rothaarige am Zapfhahn beugt sich über seinen Tresen.
Bist du etwa das Mädchen von früher, das jeden Sommer in einem

rot-weiß gestreiften Kleid und barfuß die ganze Lange Straße entlang vor uns Jungs weggerannt ist?
Ich bin nicht weggerannt, sage ich, ich war nur schneller.
Möchtest du was essen?
Ich lächle schief, als er wenig später den Teller Nudeln mit Rindfleisch und Bratensoße vor mich hinstellt, als würde er mich ab jetzt in seine Gebete einschließen.

1938 im Dorf W. Nur einer auf dem Foto hat ein Parteiabzeichen. Dabei ist es in den Jahren danach auch geblieben. Nur dieser eine ist mit Pferd über die Lange Straße geritten und hat um sich geschossen am Tag, als Deutschland kapitulierte. Bestimmt hat Rudolf dabei nicht an seinen Vorfahren gedacht, der zwischen zwei Pferden zerrissen wurde. Nazi-Onkel Rudolf hat sich bei meinen Besuchen im Dorf W. manchmal zu mir gebeugt und gefragt, warum ich denn so schmutzige Fingernägel habe und so schiefe Zähne?
Damit ich dich besser fressen kann, Nazi-Onkel Rudolf …
Auf dem Foto steht im Hintergrund das Häuschen des Scherenschleifers, und seine jüngste Tochter sitzt vorne ganz rechts. Das ist die Elisabeth, die ihre eigene Sprache hatte und in Gefahr und

höchster Not von einer dullen Welt redete, die nach ihrer Ansicht im Düstern krabbelte. Der Junge, dessen Hand die Elisabeth drückt, ist Leo. Mein Vater. Wie später beim Fußball und noch viel später in der Politik, hat er gern die Flügelposition rechts außen eingenommen, ein Stürmer eben, selbst wenn er hier noch schüchtern aussieht. Wäre er nicht noch so klein, würde auch er ein Parteiabzeichen tragen? Der Mann in der dritten Reihe hinter Leo und Elisabeth, der mit dem Komikergesicht, ist mein Großvater, der kurz nach dem Krieg den Hund FiFi, mit Betonung auf der zweiten Silbe, aus Brest mitbrachte. Auffällig sind noch die zwei kleinen Mädchen vorne im Bild. Die Größere im Kommunionkleid ist Irmi Abraham. Ihre weiße Haarschleife reckt die Schlaufen und versucht, das Parteiabzeichen am Revers des Nazi-Onkels Rudolf zu kitzeln. Irmi Abraham ist die Cousine meines Vaters Leo. Sie steht neben ihrer Mutter Maria Abraham und sieht wie ihr eigener Geist aus. Mutter Maria konzentriert sich im Bild auf die Nichte Luzie. Schwer zu erkennen bleibt, ob Luzie blöde oder teuflisch schaut. Eines Tages wird sie meine Patentante und die einzige Dorffriseurin auf der Langen Straße sein. Ihren Salon wird sie über fünfzig Jahre im Stil der Fünfziger lassen. Im Kabuff hinterm Laden, wo sie ihre Farben mischte und dabei rauchte, hat sie ab und an für die Sonne den Rock gehoben. Kurz bevor der letzte Lack ab war, hat sie einen Busfahrer geheiratet. Hallo, sagte Luzie trocken bei meinem letzten Besuch in W., als ich in ihren Laden kam. Sie hatte die Stimme eines Transwesens bekommen, das noch nicht Mann, aber auch nicht mehr ganz Frau ist. Sie rauchte ein Zigarillo Marke Moods und trug silberne Leggings mit langem Pullover darüber. Der Salon war leer. Fünf Stühle gähnten mich rot an. Hallo, Tante Luzie, sagte ich, wo sind denn deine Kundinnen? Alle auf dem Friedhof! Luzie lachte tief und trocken.

Auf dem Familienfoto aus dem Jahr 1938 sind auch alle tot. Ich aber bin als Fruchtfliege am Tag der Aufnahme unterwegs und summe lautlos zwischen all den fotostarren Einsamkeiten herum, die sich Familie nennen. Ich bin zwei Stunden vor Sonnenaufgang geboren, trage gefühlt bereits mein rot-weiß gestreiftes Sommerkleid und werde gleich nach Sonnenuntergang sterben, während meine Verwandtschaft noch bei Leberwurstbroten mit Gurkengarnitur, Paderborner Bier und Schnaps im Haus an der Nethe sitzt und das Schulhaus noch ein Schulhaus ist. Die Auswärtigen werden in den sieben Fremdenzimmern im ersten Stock jener Gaststätte übernachten, die im Jahr 1938 noch nicht geschlossen hat. Ihre Betten werden nach Lavendel riechen. Bevor ich aber als Fruchtfliege an jenem Abend im Jahr 1938 sterbe, habe ich mich ins Ohr von Luzie gesetzt, weil es dort gut riecht. Erinnere dich, Tante Luzie, werde ich geflüstert haben, eines Tages, in mehr als dreißig Jahren, wird dir an einem Samstagmittag die Schere heruntergefallen sein, in deinem Salon auf der Langen Straße. Es wird nach Ladenschluss sein. Du wirst sie aufheben und mir auf einem roten Stuhl den zweiten Zopf abschneiden, während die anderen vier roten Stühle mit dem gleichen leeren Blick wie Liz in den Spiegel schauen. Du wirst danach einen Winter lang an deinem Ofen aus meinen Haaren eine Perücke und ein Haarteil für Liz knüpfen, ohne als meine Patentante darüber nachgedacht zu haben, ob Haare nicht auch ein Körperteil sind – und sie gegen den Willen einer Dreizehnjährigen abzuschneiden, eine Körperverletzung sein könnte. Du wirst einmal Raubgut verarbeitet haben, Luzie, hörst du, auch wenn die Beraubte noch ein Kind ist. Muss einmal gesagt werden, Luzie, bevor gleich die Sonne untergeht.

Aus dem Lautsprecher in der Ecke über uns knackt es.
Warum, fragt Eva K., denkst du immer noch darüber nach, ob du Fiktion oder Nichtfiktion schreibst? Am Ende gilt doch nur das Erzählen. Wer erzählt, kann Engel über Toronto fliegen lassen oder Möwen über dem Bahnhof Zoo.
Möwen wohnen tatsächlich am Bahnhof Zoo, sage ich, ich kann ihre Stimmen bis in meinen Hinterhof hören.
Wo ist das?
Eine S-Bahn-Station weiter als Zoo, komm mich doch morgen besuchen.
Morgen, sagt sie, fahre ich wieder nach Hause. Und du, willst du weiterhin dein Leben wie einen Katalog von Umzügen erzählen?
Dass für mich schon ein Glas Honig oder ein alter Bademantel, wenn er flaschengrün ist, oder die Insel aus Licht unter meine Schreibtischlampe oder auch eine Theaterkantine wie die hier ein Zuhause sein kann, würde sie das verstehen? Sie ist zwar anders als andere, aber ist es ihr Leben auch gewesen?
Wir schweigen. Zadek hockt jetzt mit seinem LED-Collier unter unserem Tisch. Wieder knackt es aus dem Lautsprecher, doch niemand spricht. Eva K. schaut mich so an, als müsste sie sofort den Kopf in meinen Schoß legen.
Was will sie da? Sterben?
Es schneit in meinem Kopf …
Was?
… es schneit in meinem Kopf, das hat die Maria gegen Ende oft wiederholt, sagt Eva K. Wenn wir mit dem Taxi des Schahs von Persien, also unserem Ali Baba, hinunter in die Stadt fuhren, hat sie auf dem Rücksitz immer wieder aufgeschrieen: Hilfe! Ich habe das Wichtigste auf dem Küchentisch vergessen! Den Schirm, einen frankierten Brief, dein Medikament, fragte ich dann nach. Aber die

Maria konnte sich nicht erinnern, was das Wichtigste überhaupt war. Aber mich, mich hat sie auf der Rückbank des Taxis dann so angeschaut, dass ich annahm, ich könnte wohl dieses Wichtigste sein – wenn sie mich auch nie auf einem Küchentisch hat liegen lassen …

Ich schaue in ihr Gesicht und frage mich, ob sie noch immer Stützstrümpfe trägt. Sie schaut von mir weg zum Kantinentresen und sagt zu dem Raum, der mittlerweile fast leer geworden ist: Du hörst mir nicht mehr zu.

Wieder knackt es.

Kam das aus dem Lautsprecher, oder war das ihr Knie?

Oder war es ein ganz anderes leises Knacken, wie wenn ein Zweig bricht?

Wie wenn ein Mensch stirbt …

Tust du eigentlich in deinen Büchern, was du dich im Leben nicht traust?, fragt Eva K.

Die Vorstellung hat begonnen, kündigt jetzt im vierten Anlauf die Stimme der Inspizientin aus dem Lautsprecher an. Bitte Ruhe im Bühnenbereich.

Weißt du eigentlich, dass du tot bist, Eva?, frage ich zurück.

Wie? Tot?

Tot bist du, Eva, tot wie ein überfahrenes Reh.

Oh! Not many people know that!

Die ehemalige Englischlehrerin zieht die Nase hoch.

How comes?

Ich trau mich eben, sage ich.

Was traust du dich?

Das genau so zu schreiben.

Ach?

Wir schweigen. Gleich werde ich in diesem Text meine Mütze wieder aufsetzen und am Pförtner vorbei zur Bushaltestelle Staatsoper Unter den Linden zurückgehen. Zwischen Neue Wache und

Humboldt-Universität werde ich aus einer 13,2 m^2 großen Leerstelle die zwei Kirchentürme von S. wachsen lassen, denen der Krieg im März 45 die Helme vom Kopf geschossen hat. Ich werde innehalten und meinen Kopf in den Nacken legen, um beide Türme von dieser Seite des Lebens aus zu betrachten. Eine große, doppelte Ruhe werde ich dabei in meinem Text verspüren, während ich eine dem Himmel so nahe Sache beschaue, die nur von dessen Farbe umgeben ist …

Also, ich geh dann mal, sagt Eva K., wie von dir gewünscht – oder geschrieben, egal, ich geh dann mal verschwinden.

Schon traurig, sage ich.

Tröste dich, sagt sie, nichts geht wirklich verloren. Alles wird für immer gewesen sein.

Nichts ist zu Ende, wenn es zu Ende erzählt scheint

An diesem Dienstag Ende Februar hatte ich gerade die fusselige Strickjacke auf dem Schoß zusammengefaltet, als eine Frau auf mich zukam und fragte, ob der Hund da unter dem Tisch meiner sei. Nein, sagte ich und schaute erst dann nach. Das LED-Collier von Zadek leuchtete und hatte die Farbtemperatur von Mondlicht – genauer, es hatte die Temperatur der Buchstaben, die bei Einbruch der Dunkelheit am Eingang des Finanzamts von S. aufflackern. Die Frau setzte sich zu mir und stellte sich als Leiterin der Opernstatisterie vor. Wenn Sie sich bewegen oder vielleicht sogar tanzen können, bewerben Sie sich doch noch einmal, sagte sie, aber diesmal als Kleindarstellerin für die letzte Produktion unserer Spielzeit. Es wäre eine Hosenrolle im Zigeunerbaron, da können Sie richtig was draus machen! Und für den *Ring*, fügte sie hinzu, da kommen Sie noch einmal wieder, wenn Sie wirklich siebzig sind.

Telegramm

Nicht wichtig
ist
was man aus uns gemacht hat
wichtig ist
was wir aus dem machen
was man
aus uns gemacht hat.

*

Fotonachweise

Text

S. 45: © Ulli Weiss; Abdruck mit freundlicher Genehmigung der Pina Bausch Foundation
S. 52: © Burkhard Peter
S. 105: © Gerd Baatz
S. 174: © Martin Rottenkolber
S. 179: © Burkhard Peter
S. 179: © Martin Rottenkolber

Alle anderen Fotos stammen von Judith Kuckart.

Cover

Auf dem Cover befinden sich Fotos von Alice Bleistein, Burkard Peter und Martin Rottenkolber.